勃ちあがった乳首を指先で捏ねられ、
もう片方には歯を立てられると、
クリシュティナの体は魚のように反応した。

皇帝陛下と心読みの姫

月森あいら

Aira Tsukimori

Ever
Princess

CONTENTS

皇帝陛下と心読みの姫

Ever
Princess

プロローグ　後宮の妃

きゃあ、と悲鳴があがった。続けて、がちゃんとなにかが割れる音がして、クリシュティナは振り返った。

「ネズミですわ！」

侍女の悲鳴に、クリシュティナはぞっと背を震わせた。床には壊れたティーポットが落ちている。飛び散った陶器の破片と茶の海の中には一匹のネズミの死骸が転がっていて、そのさまにクリシュティナはますます身をわななかせる。

「いったい誰が……このようなこと」

「クリシュティナさまの召しあがるものだとわかっていて……？」

気味が悪い。しかしクリシュティナのもとでこのような事態に慣れた侍女が手早く壊れた茶器を片づけ、床はすぐにきれいになった。

「また、なのね」

長椅子に腰掛けたクリシュティナは、ため息をついた。

「それほど、わたしが目障り……なのね」

「そんな、クリシュティナさまはなにもしておられないではありませんか！」

憤慨した侍女が、声をあげる。

「ほかの妃のように出しゃばることもなさらず、自室でいつも静かにドムラを奏でていらっしゃるだけではありませんか。クリシュティナさまのドムラは素晴らしいですわ。耳にしてうっとりすることはあっても、こんな……」

片づけられたとはいえ、床にはまだ濡れた痕がある。それを見て、クリシュティナはまた息をついた。

「それが、ほかの妃の皆さまのお気に障るのかもしれないわね」

「そんなこと……！」

侍女は、まだ納得がいかないようだ。ドムラは、クリシュティナの生き甲斐だ。静かにドムラをかき鳴らすことで、この後宮にあってもさまざまな憂鬱なものから逃げられるというものだった。

「ほかの妃さまがたは、嫉妬なさっているだけです」

黒髪をひと筋の乱れもなく、きっちりと結いあげた侍女のひとりが、きりりと目をつりあげた。

「クリシュティナさまがおうつくしくて、ドムラの名手で……だから」

「うつくしいと言ってくれるのは、嬉しいわ」

にっこりと微笑んで、クリシュティナは言った。

「ありがとう。わたしを、慰めようとしてくれているのね」

「慰めるだなんて、そんな……」

クリシュティナは、微笑んだままだ。膝の上のドムラの弦に指をすべらせていると、新しい茶が運ばれてくる。今度は、侍女たちも念には念を入れてネズミなどいないことを確かめただろう。

「どうぞ、クリシュティナさま」

先ほどの、黒髪の侍女が新しい茶を運んできた。クリシュティナの座っている椅子の前の卓にかちりと音をたてて置かれたティーカップからは、ほのかにいい香りが漂っている。

「ありがとう。でも、いいの?」

「おかしなものは入っておりませんでしたよ?」

わかってるわ、とクリシュティナは微笑んだ。黒髪の侍女は、不思議そうな顔をする。

(……だって、それにはシノニムが入っているのでしょう?)

シノニムは、瀉下薬《しゃか》である。茶に混ぜれば味はしないけれど、そのあと苦しんで無様な姿を見せるのはわかっている。そのようなものに手をつける気にはなれない。

(ネズミの次は、シノニム……いったい、どの妃の差し金なのかしら)

なにしろ、この後宮には王の側室をはじめ百人以上の女がいる。いくらクリシュティナに奇妙な力があるとはいっても、すぐに誰と判断することはできない。

(でも、あの侍女……黒髪の侍女は、つい先日までアリーナさまづきだったはず。アリーナさまは、わたしのことがお嫌いだもの。……もっとも、アリーナさまだけじゃないけれど)

ふっと息をつき、ドムラをかき鳴らし始める。クリシュティナに反感を持っている者たちも、ドムラの音には惹かれるものがあるらしく、あたりはふっと静かになる。部屋はクリシュティナの爪弾くドムラの音色ばかりになり、皆が耳をそばだてているのがわかる。

遠くから、バラライカの音が聞こえてきた。侍女たちには聞こえているのだろうか、それはまるでクリシュティナのドムラに合わせているかのようで、いつ聞いても耳に心地いい。

クリシュティナは、王の後宮に入る資格があるとはいえ、貧乏貴族の娘に過ぎない。与えられた館は後宮の北の端の、もっとも小さな建てもの。部屋を飾る家具も質素で、一国の王の妃の部屋とはとても思えないだろう。クリシュティナが持っている唯一の高価な品はドムラで、それもほかの妃たちからすれば洟《はな》も引っかけないようなものなのだ。

遠くから聞こえる、音楽。バラライカの音。誰が楽器をかき鳴らしているのだろうか。まるでクリシュティナのドムラに合わせたような、心地のいい音色。

それをもっと聞いていたくて、クリシュティナは声をあげた。

「レーラ、まだ窓は閉めなくてもいいわ。風が涼しくて気持ちいいもの」

「……え？」

レーラと呼ばれた若い侍女は、クリシュティナを振り返る。しまった、と思った。口にしてはいけないことだった。わかっているのにうっかり言葉にしてしまった。

「どうして、わたしが窓を閉めようと思ったことをご存じなんですか？」

「あ、あなたが、窓のほうに向かっていたからよ」

しかしレーラは、窓に背を向けている。部屋中の者が、クリシュティナを不思議そうな顔で見ていた。この場をどう言いつくろおうか、クリシュティナは懸命になった。

「あ、あなたは、ずっとわたしについてきてくれているでしょう？　だからなんとなく、あなたの考えていることがわかるのよ」

「そうなのですか……？」

レーラは完全に訝しがっている。ほかの侍女たちもそうだ。ついうっかりしてしまうのは初めてではないから、皆が「また、おかしなことを」という顔でクリシュティナを見ている。

(困ったわ……どうやって誤魔化せばいいのかしら)

　迷ってクリシュティナは、うつむいてしまう。それを見てアリーナ妃づきだった黒髪の侍女が、ため息をつくのがわかった。

(この話も、アリーナさまに伝わるんでしょうね。そしてまた、おかしなことを言う妃だと、わたしのことが噂になるんだわ……)

　クリシュティナは唇を噛んで、うつむいた。ドムラを爪弾きその音色で自分を慰めようとするものの、流れ出る音色は悲しげに響くばかりで、ますます心が沈んでしまう。

(これ以上、おかしな目立ちかたはしたくないのに)

　いくら貧乏貴族の出とはいえ後宮に入った以上、クリシュティナは皇帝の目にとまって、子を——男子を産んで国の母になり、実家を盛り立てるという役目がある。しかし奇妙な噂が立っては、皇帝もクリシュティナを気味悪く思うだろう。後宮に入ったばかり、まだ一度も皇帝のおとないはない。それは噂のせいなのか、新入りの妃の情報が皇帝まで届いていないせいなのか。

　クリシュティナにはわからないけれど、いずれ皇帝の訪問があったときには、この奇妙な力は隠しておかねばならないと思う。感じ取られることさえあってはならない。ここを追い出されてはクリシュティナには行き場所がない。後宮で生きるしか、道はないのだ。

アロノフ皇国、クリシュティナ妃――彼女には、人の心を読む力がある。

第一章　蜜夜のはじまり

クリシュティナの銀色の髪は、高く結いあげられた。

耳もとにひと束だけを下ろし、くるくると巻く。耳に飾ったきらめく石の飾りが、その輝く髪の隙間からちらちらと見え隠れする。それが瞳と同じ青であるというのが身支度を受け持つ侍女のこだわりだ。

ドレスの色も、淡い青。襟が詰まっていて、縫いつけられたレースが少し咽喉《のど》にくすぐったい。鎖骨のところで布が切り替わり、少しだけ濃い青になる。コルセットできつく締められた胴部分は花模様が浮き出した布で飾られ、スカートの切り替え部分には襟よりもたくさんのレースが縫いつけられている。

スカートは、クリノリンで大きく膨らませてあった。レースと花飾り、刺繍と浮き出し模様で華やかに彩られ、引きずる長さのそれはたっぷりと襞を取ってあって、動くことも容易ではない。

結いあげた髪が崩れていないことを、侍女が確かめる。クリシュティナは、レースの手袋を嵌《は》めた手を組み合わせて腹の上に置き、ふうっと深いため息をついた。

「おきれいですわ」

満足そうに、侍女は言った。

「これほどうつくしくあられては、皇帝陛下も心からお喜びでしょう。お子を授かるのも、遠い日のことではないでしょうね」

侍女が世辞を言っているわけではないことは、心を読むまでもなく明らかだ。自分がうつくしいかどうかはともかく、自分の容姿を引き立たせるように飾ってもらったことは確かなのだから。ちらり、と窓硝子《ガラス》に映った自分の姿を見る。銀色に輝く髪、瞳と同じ色の青のドレス。そのさまは、クリシュティナ自身も気に入った。

「今夜は、皇帝陛下がお見えになります」

改めてそう言ったのは、クリシュティナの支度に手抜かりがないか、目を光らせていた老齢の侍女だ。

「粗相があってはいけません。なにごとも陛下のおっしゃるとおりに、逆らうことは許されません」

「はい」

殊勝な様子で返事をしながらもこの侍女が不思議に思っていることを、クリシュティは知っている。なぜ、クリシュティナのようなたいした身分でもない娘に、閨《ねや》の白羽の矢が立ったのか。それはクリシュティナにもわからない——会ったこともない人物の心までは読めない。しかし目の前の侍女がそのことを訝しく思っているのはわかっていて、訊きたいのは自分のほうだと思った。

「陛下がいついらっしゃるかは、わかりません。殿下は、そちらに腰掛けてお待ちください。いついらしても対応できるように——居眠りなどしてはいけません」

やはり、はいと静かに答える。神妙にしてはいるが、心の中は嵐のように荒れ狂っていた。皇帝とはどのような人物なのか。どのようにやってきて、どのようにクリシュティナを抱くのか——男に抱かれることなど当然初めてで、クリシュティナは許されるものなら逃げ出したいほどに、動揺していた。

部屋の灯りが落とされる。これでは皇帝がやってきても、その顔ははっきりと見えないだろう。皇帝は顔を晒せないほどに醜い男で、この暗さはそのためなのかもしれない。しかしいかに醜悪でおぞましい男であっても、クリシュティナに拒否することはできない。

ただその腕に身を任せ、子を宿すことがクリシュティナの義務なのだ。

クリシュティナは、籐で組まれた椅子に腰を下ろした。ぎしっと音が立って、思わずびくりとしてしまう。衣擦れの音とともに侍女たちは退室し、薄暗い部屋にはクリシュティナひとりが残された。

(どんなかたなのかしら……皇帝陛下は)

いくら考えても仕方のない問いを、クリシュティナは胸のうちで繰り返した。美貌であることを求めているわけではないが、優しい人がいい——閨で女性に乱暴な男も世にはいるらしいけれど、そのような人物でなければいい。

(お顔がはっきり見えないだろうから……それが、不安だわ)

この薄暗い部屋では、自分の足もとも見えない。なぜ部屋をこれほど暗くするのだろう。やはり皇帝はよほど醜い人物なのか、それとも顔を見てはいけない——それほどに畏《おそ》れ多いということだろうか。

もちろん、皇帝に近づくなど不敬なことだ。その妃であるとはいえ、こちらから声をかけられるような相手ではないということはわかっている。しかし部屋を薄暗くして迎えなければいけないというのはどういうことなのか、考えると緊張が高まる。

(どのような……かた、なのかしら……?)

風が、窓枠を鳴らす音にもはっとする。緊張は高まり椅子の端を掴んだクリシュティナの手が震える。呼気は荒く、自分では抑えることができない。

（いらっしゃるなら……早く、おいでになって……）

気が急く。同時にこのまま永遠に訪れがなければいいという心も働いて、落ち着かないクリシュティナは椅子の上で腰を揺すった。

（でも……いらっしゃらないで。このまま、朝になればいいのに……！）

それは永遠にも似た時間だったし、あっという間だったようにも感じる。まんじりともしないで椅子に座っていたクリシュティナは、人の気配を感じた。複数の足音が、近づいてくる。衣擦れの音。クリシュティナは反射的に、椅子から立ちあがった。

「クリシュティナ妃」

重々しい声が聞こえる。クリシュティナはうわずった声で返事をし、その場に立ち尽くした。

「皇帝陛下がいらっしゃいました。ご挨拶をなさるように」

「は、い……！」

ドレスを指で摘み、頭下げて正式な挨拶をする。いささか乱暴な足音が部屋に入ってきて、クリシュティナの少し手前で止まった。

「クリシュティナ」

低く、胸の奥がざわめくような、少し掠れた声だった。クリシュティナの胸がどきりと鳴る。その声の主は小さな声で従者と話をし、複数の足音が消えていく。残されたのは、皇帝とクリシュティナだけだった。

「クリシュティナ・ニーベリ・ナイハ・パーヴォライナン……で、間違いはないか？」

「さ、ように……ございます……」

やや掠れた声は、はっきりとクリシュティナの名を発音した。訛りなどかけらもない、うつくしい発音だ。

「ここに来たのは、いつごろだ？」

「ひと月ほど前にございます」

「それは、ずいぶん待たせたな」

皇帝は、部屋の真ん中にある天鵞絨《ビロード》張りの椅子に腰を下ろした。その椅子はクリシュティナの部屋にありながら、クリシュティナもほかの誰も、腰を下ろすことの許されない椅子だ。毎日拭き清められ艶を整えられるそれは、皇帝が訪れたときに座るもので、今日初めてその役目を果たした。

「毎日、なにをして過ごしているのだ？」

「勉強を……しております。この、アロノフ皇国の歴史や、まわりの国々との関係……軍事について、など」

「軍事？」

部屋は薄暗いので、皇帝の顔は見えない。しかし彼が、ぴくりと眉を動かしたような気がした。

「そのようなことに、興味があるのか」

「興味、というか……一国の妃として後宮にあがりました以上、知っておかねばならないと思いまして」

「ほぉ」

皇帝は、興味をそそられたらしい。じっとクリシュティナを見つめているようだけれど、その瞳の色はわからない。短い髪には金色の輝きがあるが、本当に金髪なのかどうかもわからない。

「そのように言った妃は、初めてだな」

「そう、なのですか……？」

不思議に思って、クリシュティナは訊き返した。皇帝の思っていることが伝わってくる。本心で、クリシュティナに感嘆しているようだ。

「ですが、遠征などは妃も同行することがあると聞きます。そのときなにもわからないようでは、困るのではありませんか?」

皇帝は、顎に手をやった。考え込むような素振りだ。しかしクリシュティナには、その考えが読める。このように言った妃は初めてらしい。そして皇帝は、少々面食らっているようなのだ。

「わたしの知識など、書物からのものでしかありません……いざというとき、役に立つかなど、わかりませんが」

「それは、そうだがな」

軍事に興味を示す妃が、それほどに珍しいのか。伝わってくるのは困惑ばかりで、クリシュティナもなんと言っていいものか戸惑ってしまう。

くくく、と皇帝が笑った。『面白い』。彼の心が、そう言っている。

「次の遠征には、ぜひともおまえを連れてゆこう。それまで、せいぜい知識を磨いておくのだな」

「は、い……」

皇帝が、立ちあがった。クリシュティナはびくりと背を伸ばす。皇帝はクリシュティナのほうに歩み寄ってきて、手を伸ばした。『どんな女だ』彼の心の声が、聞こえる。

「……あ」

顎を持ちあげられ、じっと顔を見つめられた。しかし部屋の暗さのせいで、相手の輪郭くらいしかわからない。皇帝は夜目が利くとでもいうのか、じっとクリシュティナの顔を見つめている。

伝わってくるのは、好意的な感情だ。軍事に興味があると言ったことで彼はクリシュティナを気に入ったらしいが、侍女たちの心づくしの装いもまた、気に入ったようだ。

「このような意匠の衣を着こなす女は、そうそういない」

クリシュティナの顎を持ちあげたまま、皇帝は言った。

「このドレスを選んだのは、おまえか？　侍女の連中か？」

「わ、たしが……。このドレスは、青で……目が、青ですので。ですから、同じ色を選びました」

目の色か。皇帝は胸の中でそうつぶやいた。この暗さでは、彼にも目の色までは見えないらしい。

「おまえの髪は、金か？　銀か？　ずいぶんと艶めかしい……」

「銀です。ユーリーさま」

言ってしまってから、はっとした。ここは『陛下』と呼びかけねばならないところだったのに。つい名を呼んでしまったのは、彼が心の中で『おまえ好みの色だぞ、ユーリー』と自身に語りかけたからだ。

「……なぜ、私の名を？」

「そ、れは……」

一介の妃が、皇帝の名を呼ぶなど許されるものではない。そもそもつい先日までは、ただの貧乏貴族の娘だったのだ。皇帝の名を知るよしもなく、ユーリーの疑問はもっともだろう。

「あの……、その」

本当のことを言えるはずがない。信じてもらえるとは思えないし、気味の悪い娘だと実家に送り返されてしまっても、クリシュティナの居場所はない。

「……そのようなお名前なのではないのかと、思いまして」

「おまえは、どこまでも変わった女だ」

この暗がりの中では、彼が笑っているのか怒っているのかわからない。しかしクリシュティナの胸には彼の心が伝わってくる。彼は、喜んでいるようだ。クリシュティナの無礼を怒ってはいない。そのことにほっとしたものの、喜んでいる理由まではわからなくてクリシュティナは混乱した。

「よい。おまえには、私をユーリーと呼ぶ許可を与える」

「え……？」

ユーリーはクリシュティナの頭を撫でてくる。そうされるとまるで子供に戻ったような気になる。クリシュティナは息をつき、すると彼は笑った。

「さま、もなくともよいぞ。ただ、ユーリーと」

「そのようなわけにはまいりません！」

驚いて、クリシュティナは言った。

「陛下を、呼び捨てにするなど」

「私の名を当てた功労だ。遠慮なく呼び捨てにするといい」

「ですが……」

そのようなことは、と言おうとしたクリシュティナの唇は塞がれた。ユーリーに声を押しとどめられて、クリシュティナの背中はひとつわななく。彼の心に浮かんでいるものを掴み取れはするものの、それがなにを意味しているのかはわからない。

「きゃ……、っ、……」

クリシュティナの体は、ひょいと抱きかかえられた。幾重にも布を重ねた重いドレスをまとっているのに、クリシュティナの体の重ささえも感じていないようにユーリーは歩を進め、部屋の奥の寝台に、クリシュティナを横たえた。

「陛下……！」

「ユーリーと呼べと、言っただろう」

ユーリーがのしかかってきた。そして再び唇を塞がれる。ちゅくりと吸われると、ぞくぞくとしたものが背筋を駆け抜けた。

「あ、っ、……、っ、……」

唇が咬みつくように重なってきて、何度も吸われる。ちゅっと音がして唇を啄《ついば》まれ、ほどかれる。また吸われ、それを繰り返されているうちに体の奥が潤ってきたような感覚に襲われる。

「初めて、らしいな」

ユーリーが、満足げにそう言った。

「おまえの体を暴くのが、愉しみだ」

「あば、く……？」

人の心を読むことができるクリシュティナでも、彼の言いたいこと、したいことはわからなかった。ただ自分は、今から見知らぬ世界に堕ちるのだと、知らなかったことを知るのだということだけはわかった。

「そうだ……名を言い当てるなど、不思議な力を持つ、乙女よ」

うたうようにユーリーは言った。

「おまえは、私の手で乙女ではなくなる……せめて、すべてが快楽であるように」

「か、いら……く……」

その言葉とともに、全身がぶるりと震えたのはなぜだろうか。人の心が読めるというのに、自分の体の反応の理由はわからない。ただユーリーが、クリシュティナに危害を加えようとしているわけでないことは確かだ。そう考えてクリシュティナは、胸の奥で笑った。危害を加えるなんて、あり得ない。この後宮に入ったときからクリシュティナのすべては皇帝のものであり、そんな手間をかけるくらいなら、目もかけずに打ち捨てるだろう。

「クリシュティナ……」

ささやきとともに、唇の間に舌がすべり込んでくる。歯の表面を舐められて、未知の感覚が体中を走った。クリシュティナの大きなわななきはユーリーに伝わったらしく、彼はくすくすと笑った。

「愛らしいな……こんなに、震えて……」

愛おしげに、ユーリーはクリシュティナの肩を撫でた。それにまた震えてしまい、彼が笑う。

「心配するな、恐ろしいことはしない。ただ……少し、痛いかもしれぬがな」

「い、痛い？」

クリシュティナが戸惑った声をあげると、また笑い声。次いで舌が、歯の間からするりと入ってくる。とっさに逃げた舌をとらえられると唾液が流れ込んできて、奇妙に甘いそれが口の中に広がった。

「おまえがおとなしくしておけば、痛いことなどなにもない……」

舌を絡めながら、ユーリーは言った。

「すべて、私に任せろ。おまえは、ただ……かわいらしく喘いでいればいい」

「ふ、ぁ……、っ、……、っ、……」

舌が絡まり、ぐちゅぐちゅと音がする。その音が体の中の弦を弾き、クリシュティナはまるでドムラのように啼いた。

「この……程度で。声をあげていては……この先が、辛いぞ……？」

「や、ぁ……、な、い、……で……ぇ……」

舌を絡められながら話されると、声が口腔に響く。それにも感じさせられて、クリシュティナの体は寝台の上でうねるように跳ねた。

「敏感だな……楽しめそうだ」

ユーリーの手が、ドレスの上からクリシュティナの胸を這う。乳房をぎゅっと掴まれて、そこから起こった痙攣が全身を貫いた。

「やぁ、あ……、っ、……！」

「感じるのか？　まだ、脱がせてやってもいないのに」

力を入れて揉まれ、すると布に擦《こす》れて乳首が反応する。旨の頂にそのようなものがあると意識したこともなかったのに、ユーリーの大きな手がゆるゆると動くと体の芯がじんと痺れる。その痺れは指先にまで流れ込み、自分の体が自分のものではないような錯覚に襲われた。

「陛下……、っ、……」

「ユーリー、だろう？」

意地悪く彼はそう言う。クリシュティナは唇を噛み、そして掠れた声でつぶやいた。

「……ユーリー、っ、……」

「ん？　なんだい？」

胸に置いた手はそのままに、ユーリーはどこか戯《おど》けた声を出す。クリシュティナが未知の感覚に溺れているのに、そのようなことは意に介さないかのようだ。

「な、んだか……、おかしい……、の……」

「なにが、おかしいんだい？」

「わたしの、体……」

クリシュティナは、身を捩った。

「なんだか、……痺れて。へ、んな……感じ……」

ふふっ、とユーリーが笑うのがわかる。その顔どころか表情も見えないのに、彼がクリシュティナの反応を愉しんでいることが伝わってくる。

「痺れるのか？　心地いいのではないのか？」

「こ、こち……？」

これを、心地よいというのだろうか。クリシュティナには理解できない。ただ自分の体に異変が起こっていることだけはわかる。

「や、ぁ……、っ……！」

ユーリーが手に力を込め、乳房を潰した。指を食い込ませるようにして揉まれ、乳首が彼の硬い手のひらに押される。

「つあ、あ……あ、あ、ああっ！」

反射的に、クリシュティナは両脚を擦り合わせた。そこが、おかしい——奇妙に疼くような、なんだか濡れているかのような。腰を捩ると微かにぴちゃりと音がしたような気がした。

「柔らかいな……」

ため息とともに、ユーリーは言った。

「心地いい。いつまでも、こうしていたくなる」

「あ、あ……、っ……」

彼の手は、もうひとつの乳房にも這った。そちらを強く揉みあげられ、クリシュティナは大きく腰を跳ねさせる。

「や、ぁ……、っ……、……」

不規則に、胸を揉まれる。彼の硬い手のひらで乳首を潰され、それがたまらなく感じる。体の中心をびりびりと走る衝撃があって、クリシュティナの腰はまた跳ねた。

「ここを、こうしてやっているだけなのに……ずいぶんと、悦《よ》い反応を見せるのだな」

「だ、……って……っ、……」

こうなるのは、いけないことなのだろうか。これほど感じてしまうクリシュティナは、どこかおかしいのだろうか。

「だ、め……、ですか……?」

ぎゅっと掴まれ、芯をぐりぐりと揉まれながら、掠れた声でクリシュティナは問うた。

「こうなるのは、だめ……？　わたしは、おかしいのですか……？」

「おかしくなどない」

乳房の柔らかさを愉しむように、何度も手を動かしながらユーリーは言う。

「こうなるのが、当然の反応だ。おまえは、少々感じやすいようだがな」

「や、ぁ……、ん、っ……」

体中の痺れは、ひとところに流れていく——両脚の間だ。そのような場所にいったいなにがあるのか、少し腰を捩るとじゅくりと音を立て、同時に伝わってきた感触にクリシュティナは、はっとした。

「濡れてきたな」

「濡れ……？」

彼の言葉の意味がわからない。クリシュティナは戸惑って、しかし疑問を言葉にしようとした唇は再び塞がれてしまい、鼻から抜ける甘い声しか出せなくなる。

「ん……、っ、……、っ、……」

ユーリーの舌が入り込んできて、再び口腔を嬲《なぶ》られた。舌をからめとられて吸われ、音を立てながらしゃぶられる。同時に乳首を摘まれて捏ねられ、あがったはずの嬌声はクリシュティナ自身の口の中に消えていく。

「っ……、う、……、っ、……ん、っ」

責められる感覚に耐えられず、体を捩っても逃げることはできない。ユーリーの体はがしりと彼女を押さえ込んでいて、まるでクリシュティナを閉じ込めておく檻のようだ。

「ん、ん……、ん、ん……、っ、……！」

ふたりの舌が絡み、唾液が溢れる。それはこぼれてしたたり、頬を伝って落ちていった。それにすら感じて、クリシュティナはユーリーの腕の中でふるふると震える。

「あ、……む、……、っ……」

ユーリーの手はクリシュティナの乳房を包み、何度も何度もきゅっと揉み込む。中心にある芯が硬くなり、そこからはまた新しい性感が生まれた。クリシュティナは何度も体を震わせ、初めての身には激しすぎる快楽をやり過ごそうとする。

「ふぁ……、っ、……、っ、っ」

快感が強すぎて、ついていけない。クリシュティナは何度も激しく呼吸した。上下する胸をもてあそぶユーリーは、楽しげにくすくすと笑っている。

「まったく、こんな敏感な女も珍しい……花を吸ってやれば、すぐにでも達《い》ってしまうのではないか？」

「達……、っ……、……？」

苦しい息の中で、クリシュティナはそう尋ねた。しかしそれはちゃんとした形になっていなかったらしく、ユーリーはなおも笑っただけだった。

「おまえがどう反応するか、楽しみだな……」

指先で乳首を捏ねながら、ユーリーは言う。

「私に、どのような姿を見せてくれるのか。おまえが、すべてを私に委ねて喘ぐのを見てみたい……」

「いぁ、あ、ああっ！」

クリシュティナの閉じた脚の間に、ユーリーの膝が置かれる。ぐりぐりと刺激されて、思わず甲高い嬌声をあげた。ユーリーはそれが気に入ったらしく、なおも膝での刺激を繰り返す。

「ひぁ……あ、あ……、っ、……！」

その間にもキスは深まり、咽喉の入り口にまで舌を這わされては舐めあげられ、それに感じて反応してしまう。体が跳ねるのを押さえ込まれると快感が体の中に広がって、指先までが震えた。

「んく、……、っ、……ん、んっ……」

「さぁ……、もっと声を聞かせろ。もっと、いい声をだ」

ユーリーの手が、乳房からすべりおりる。胸を刺激される苦痛にも似た快楽からは解放されたものの、しかし脇腹を、腹部を大きな手でなぞられる感覚はまた新たな快感で、クリシュティナは身を捩って震え喘いだ。

「声をあげろ。……感じているんだろう？」

「やぁ、……ん、ん……、っ、……」

くちづけられ、咽喉奥までを愛撫されていると、出せる声はただ喘ぎだけだ。息苦しさが快楽に変わり、頭の芯がぼうっとしてくる。しかし腹部を撫でられ臍《へそ》のくぼみを辿られて、それにも感じてしまって声があがる。

「ここがいいのか？」

ユーリーの、愉しげな声。臍の中に指を突き入れられくすぐられると思わぬ快感があって、クリシュティナは腰を捩らせる。しかしユーリーの体がのしかかってほとんど動けず、ただ愛撫されるがままだ。

「い……、っ、……、いっ、……」

下腹部が、じくりと疼く。両脚の間から濡れていくような感覚はいまだに続いていて、それどころかもっともっと生ぬるいものが、溢れてくるような気がする。

「い、や……、っ、……う……」

「いやなのか？　こうされるのが、不満か？」

「ちが……、ぁあ、……」

口腔をなぞるユーリーの舌は、巧みにうごめいた。同時に手はドロワーズの上から下腹部をなぞる。びくん、と大きく下肢が跳ねた。そのようなところに触れられるなど考えてもみなくて、クリシュティナは混乱する。

「い、や……、んな、……とこ、ろ……っ」

「ふふ、かわいらしいことを言う」

しかし、そんなクリシュティナの反応は予想済みだったのか。ユーリーは愉しげに笑っただけで、下肢を撫でるのをやめなかった。

「だめ……やめ、て……、っ、……」

「しかし、やめてしまってはなにも前に進まないぞ？」

なおも、追い立てるつもりなのか焦らすつもりなのか、ドロワーズの上から下肢を撫で続けるユーリーが言う。

「私を、このままベッドから追い出す気か？　そのようなことが、おまえにできるのか？」

「や、ぁ……、っ、……、っ……」

何度も、形を確かめるように下腹部を撫でたあと、彼の指はクリシュティナの腰にかかる。ドロワーズの紐を解かれ、はっとする間もなく引き下ろされた。

「いや……、っ、……」

「いい恰好だぞ、クリシュティナ」

クリシュティナは、反射的に脚をぴたりと閉じる。ユーリーは苦笑し『どうしようもないな』と心の中でつぶやいた。クリシュティナの行為は間違っていただろうか――しかしそうする以外にクリシュティナにはなす術はなかった。

「おまえは、ここも……銀色なのだな」

ユーリーの指が、鼠径部《そけい》に這う。クリシュティナはぴくりと反応し、下肢を揺らしてしまった。が、脚は閉じたまま開くことはできない。

クリシュティナの下腹部の淡い茂みをユーリーの指が梳く。それにびくんと身を震わせて、クリシュティナの脚はますます、貝のように閉じてしまった。

「あ、い……、や、……」

しかしユーリーの指が動くたびに、体の奥が潤っていく。あらぬ場所から生ぬるい液体が流れ、寝台を汚していることを感じている。

「へ、ん……、わたし、変なの……、っ……」

「変でいい」

ユーリーは笑いながらそう言って、クリシュティナの茂みの中に指を差し入れる。ゆっくりと追い立てるようにそこを梳いて、そして花びらの中、深く潜った指がクリシュティナの秘芽の先端に触れる。

「ひぁ……、っ、……、っ、……!」

体中に、びりびりとした衝撃が走った。クリシュティナは大きく息を呑んで目を見開き、それでも尖ったそこへの刺激はやまない。

「いぁ、あ……ああ、あ、……、あ!」

「ほら……もう、感じているではないか」

わずかに先端をいじりながら、彼は言うのだ。少し押され、爪の先で引っかかれて、クリシュティナの下半身は何度も跳ねた。

「こんなに腫らして……今にも、達ってしまいそうだな」

「や、ぁ……、……っあ、あ……、っ!」

そのような小さな場所なのに、少し触れられただけで体中を走る感覚があるのはなぜなのか。それは頭の先までを貫いて、クリシュティナの思考をぐちゃぐちゃにしてしまう。

もう、心を読むどころではない。

「やめ、や……、っ、……」

ユーリーの指先が、秘芽を摘んだ。きゅっと捻られて、どっと蜜が溢れる。少し腰を捩っただけでぐちゃりと音のするそれは、いったいなんなのか――クリシュティナの体に、なにが起こっているのか。

「いや、ぁ……ッ、……、っ、ん、……」

「いい反応だ」

満足げな息を吐いたユーリーは、そっとクリシュティナにキスをしてくる。先ほどのような深いものではなく、触れるだけの優しいくちづけ。それにすら感じてしまい、クリシュティナはあえかな声を洩らす。

「この先が楽しみだな……どれほどに乱れた姿を見せてくれるのか」

「や、ぁ……、っ、……、っ、……」

舌がすっと入り込んできて歯を舐められ、同時に秘芽を摘まれる。口の中をもてあそばれて思うように声が出ず、感じる部分をいじられて体の奥に熱がたまっていく。腹の奥に炎が燃えあがり、指先までもが熱くなっていく。

「クリシュティナ……」

「あ、あ……、っ、……、っ、……」

そっと名をささやかれ、ぞくりとしたものが体を伝った。くちづけられる唇、重なってくる体、秘芽をいじる指。すべてがクリシュティナを苛《さいな》んで、彼女は混乱のさなかにいる。

「かわいらしい……このような反応を見せるとは。まったくおまえは……私の、理想だ」

ユーリーには、幾人もの妃がいるはずだ。そのすべてに、このような言葉をかけるのだろうか――それともクリシュティナにだけか。後者であればいいと願った気持ちは、なんなのだろうか。

「いぁ……、っあ、あ……、っ、……」

秘芽をそっと押さえられ、くりくりと刺激される。また蜜が溢れ、両脚の間を濡らした。あまりにも焦れったくて、しかしこの体の疼きがどうすれば治まるのかわからない。クリシュティナが身を捩ると、ユーリーがくすりと笑った。

「やっと開いたな」

「……え……?」

気づけばクリシュティナは両脚を開いていて、その間にユーリーの指が入り込んでくる。

「頑なだったが……やっと、自ら脚を開く気になったか」

「そ、んな……、っ、……!」

慌てて再び脚を閉じようとしたけれど、遅かった。ユーリーの手はクリシュティナの脚を拡げ、彼女の体を辿りながら移動する。

「やぁ……、っ……、っ、……」

「ほら、もうこんなに濡れている」

彼の手が、深い部分に触れた。ちゅくりと花びらをいじられて、クリシュティナの半身は大きく反応する。

「つあ、あ……、ああ、あ……、っ！」

「初めてとは思えないほどだな……？　本当に、男を知らないのか？」

「な、にを……、おっしゃって……、っ、……」

ああ、と熱い息が洩れる。ユーリーの指が花びらの縁をつつく。それに体中を駆ける感覚を味わい、つい何度も呼気をこぼしてしまう。

「いぁ、あ……、っ、……、っ、……」

ユーリーの指は、花びらの形をなぞる。尖った芽をつつき、また花びらに触れた。体の面積からするとほんの小さな場所なのに、少し触れられただけで体には雷《いかずち》が走る。クリシュティナはしきりに身を捩り、しかし腰はユーリーの強い手に押さえられてしまう。

「これほど敏感なおまえの蜜……、私に、味わわせろ」

言って、ユーリーは花びらから指を離す。強すぎる刺激から逃げられたことにほっとしたものの、次なる彼の行動に驚いた。

「な、に……、っ、……を」

ユーリーは、クリシュティナの両脚の間に顔を埋めたのだ。そのような箇所、自分でも見たことがないのに。触れるようなところでもなければ、ましてや顔を埋めるようなところでもない。

「やめて……、おやめ、くださ……、い、……っ」

しかしユーリーは、まるで当然であるかのようにクリシュティナの秘芽を唇に挟んだ。きゅうう、と吸われ、クリシュティナは大きく体を反らせる。

「いやぁ……、っ、……、っ、……」

吸っては解放し、また吸う。繰り返される力はそれほど強くはないものの、伝わってくる刺激は耐えがたいまでに衝撃的で、クリシュティナは何度も荒い息を吐いた。

「やぁ、あ……、ッ、……、っ……」

秘芽はますます硬く、慎ましやかながらその存在を主張している。それに応えるようにユーリーは何度も吸い、軽く歯を立ててくる。クリシュティナは悲鳴をあげた。しかしそれは甘く蕩ける嬌声でしかない。

「ひぁ、あ……、あ、……、っ、……」

そっと歯を立てられた痕を、舌で舐めあげられる。下半身に広がる快感は耐えがたく、身を捩っても自分の思うようにはならない。ちゅくりと吸われ、するとびりびりと体中を走る感覚がある。

「いぅ、う……っ、……、っ、……！」

とっさにクリシュティナは、手もとの敷布を掴んだ。そこに力を込めることで少しばかりたまらない感覚から逃れられたものの、しかしユーリーはさらに力を込めて芽を吸い、クリシュティナは甲高い声をあげて身を仰け反らせた。

「いや、ぁ……、ユーリー、もう……、も、う……」

「まだまだ、これからだというのに」

ふっと、ユーリーが秘所に息を吹きかける。それにも感じてしまい、クリシュティナは腰を跳ねあげた。どろり、と生温かいものが流れていく。

「ほら……こんなにきつい。これでは、私を受け入れられないだろう？」

「受け入れ……、っ……？」

クリシュティナは混乱に目を見開く。同時にまた芽を吸われ咬まれ、腰から下が蕩けてしまいそうな感覚に襲われる。

「ゆっくりと、慣らさねばな。案ずるな、時間はある……ゆるゆると、おまえを溶かしてやろう……」

ちゅく、と音を立ててユーリーは舌を使う。彼の愛撫は花びらに至り、その端を舐められる。クリシュティナの下半身は、本当に蕩けてしまったかと思った。

「おまえの蜜は、甘い味がする」

音を立てて舐めあげながら、ユーリーがつぶやいた。

「甘い……花の蜜のようだ。まさに花園、だな」

「いぁ、あ……、っ、……、っ……」

「ほら、こんなに反応して。ふるふると震えている。次から次へと蜜を垂れ流して……まったく、目の毒だ」

ユーリーの指が、花びらを辿る。軽く擦られただけでクリシュティナはまた声をあげて、身を震わせた。

「ここも、震えたぞ」

きゅっと摘まれて、軽く引っ張られる。それは強烈な刺激となってクリシュティナを襲い、もう息も絶え絶えだ。

「やめて……、もう。もう、だめ、なの……っ……」

「しかし、私が治まらぬ」

ユーリーは、体を起こした。ばさりと音がして、彼がまとうものを脱いだのがわかる。

薄暗がりの中、ぼんやりと見えた彼の肢体は硬い筋肉に覆われていて、思わずクリシュティナは息を呑んだ。

「私を、どうしてくれるのだ？　まさかこのまま放り出すつもりか？」

言いざま、秘所に触れるものがある。指ではない、太く熱いもの――クリシュティナは唾を呑み、しかしそれは秘所の形を辿っただけで、中に入ってくることはなかった。

「もっと味わわせろ……おまえは、深い部分も甘い味がするに違いない」

そう言ってユーリーは、再びクリシュティナの茂みに指を這わせてくる。尖った芽にそっと触れて、クリシュティナに声をあげさせる。

「いつまでも初《う》い反応も悪くはないが……自分から脚を開くくらいの積極的なところも見てみたいものだ」

「そ、んな……」

そのようなことが自分にできるとは、とても思えない。この行為を何度繰り返したとしても、自分が積極的にユーリーに迫っているところなど、想像できない。

「今のおまえには、まだ求めるまい……そのうち、な」

次、があるのだろうか。クリシュティナは一度お手つきになっただけの顧みられぬ妃になるのではないのだろうか。それともユーリーは、次があると断言するほどにクリシュティナを気に入ったというのだろうか。この自分の、いったいどこを。

戸惑うクリシュティナは、ユーリーの指が両脚の間に、そして先ほど唇で愛撫された芽に、花びらに触れてくるのに気がついた。クリシュティナを驚かさないように、遠慮深く愛撫するような動きだ。それでも感じることに、あえかな声を洩らしてしまう。

「や、ぁ……、っ、……、っ……」

ひくひくと、下半身が震える。花びらを辿られ先端を摘まれてきゅっと捏ねられ、クリシュティナの腰が大きく跳ねる。寝台が、ぎしっと音を立てた。

「蜜で、ぐちゃぐちゃだな……それほどに、入れてほしいのか？」

「入れ……、っ……？」

先ほど、彼自身を押しつけられたときのような感覚だろうか。男性の体の一部が女性の中に入り、快楽を得るというのは家を出る前に得た閨での知識だけれど、それがこれほどの羞恥を煽るものだということは教えられなかった。

「そうだ。私のこれを……おまえの中に、入れる。おまえと私がひとつになって、ともに快楽を味わうのだ」

「快楽……」

愉悦なら、もう味わった。クリシュティナには、充分すぎるほどの快楽だった。しかしユーリーは、もっと深い愉悦があるというのだ。

「そのためにも……もっとここを、慣らさねばな。おまえの秘めた蕾が開くまで……私を、受け入れるようになるまで」

ユーリーの指が、花びらの間に突き込まれる。折り重なった襞の間を音を立てながらいじり、溢れる蜜を誘い出す。

「や、ぁ……、っ、……、ん、……んっ……」

跳ねる腰は、彼の大きな手で押さえ込まれる。もう片方の手の指が秘所を追いあげてくる。指は襞の間に入り込み、奥深く隠れている秘めやかな場所を暴き、隠れた感じる神経は悦んで反応する。

「いぁ、あ……ああ、あ……、っ、……」

とっさにクリシュティナは手を伸ばし、ユーリーを遮る。しかしそのようなことなど意に介す様子も見せず、それどころかそんなクリシュティナの反応を悦ぶようにますますうごめく指を速める。

「ひぁ、あ……、ぅ……、っ、……」

花びらの奥を引っかかれ、甲高い声が洩れた。それを愉しむようにユーリーの指はそこを行き来し、ぐちゅぐちゅと蜜の音を立てながらクリシュティナを愛撫する。

「い、ぁ、あ……、っ、……！」

先ほど触れられていた場所よりもっと深い部分を擦られて、クリシュティナの声は掠れて艶めかしく、ユーリーをますます煽ったようだ。彼は花びらを摘んで引っ張って、溢れる蜜を塗り込め、ますますクリシュティナの声を引き出そうとする。

「や、ぁ、ユーリー、……っ、ユーリーっ……」

小刻みな刺激に耐えられず、彼の名を呼んで制しようとする。しかしクリシュティナの抵抗などユーリーの前にはなんの力もなさない。彼はくぐもった笑いを洩らしながらクリシュティナの秘所をいじる。そして指が一本、きつく締まった花園の中に入ってこようとした。

「い、や……、っ……」

微かな痛みを感じて、クリシュティナは抗おうとする。しかし腰に置かれたユーリーの手がクリシュティナを押さえていて、抵抗はままならなかった。節くれだった指が一本、ゆっくりと入ってくる。

「つあ、……、つ、……、っ……」

体内に異物が挿入される感覚。クリシュティナは身をわななかせたが、それには構わず、指は根もとまで埋められた。中でぐちゅぐちゅと音を立てながら、うごめいている。

「や、ぁ……、っ……、っ……」

内壁の柔らかさは、ユーリーの指を包み込む。彼は、はっと息をついた。それが艶めかしいものに聞こえたのは気のせいではないだろう。

クリシュティナは視線をあげ、ユーリーの顔を見ようとした。しかし相変わらずの暗がりが、彼の相貌を隠している。

せめてどのような男に抱かれているのか、知ることができればもっと安心できるのだろうか——しかし彼はアロノフ皇国の皇帝だ。畏れ多いことには変わりなく、この先自分はどうなるのか、クリシュティナには不安しかない。

「あ、あ……、っ、……」

ユーリーが親指で芽を潰し、同時に中を抉《えぐ》る。クリシュティナは嬌声をあげて仰け反り、そんなクリシュティナには構わず、愛撫はどんどんと激しさを増していく。

「はぁ、あ……っ、……、っ……」

指を増やされかきまわす速度を速められ、クリシュティナは息も絶え絶えだ。快感はつま先にまで至って体中を震わせ、頭のてっぺんまでを貫く。

「ああ……、っ、……、っ……」

びくん、びくん、とクリシュティナの体が震える。頭の中が真っ白になって、なにも考えられない——痙攣は全身に至り、クリシュティナはあえかな声を洩らした。

「ふ、ぁ……、っ、……、っ、……」

「達ったか」

ふっ、とユーリーが息を吐く。達く？　それは、なに？　この、どうしようもない気持ちよさと関係があるの？

「この程度で達ってしまうとは……この先が思いやられるな」

ユーリーは満足そうな声でそう言った。彼がそのようなもの言いをするということは、達ったことは間違っていなかったのだろうか。彼の手はクリシュティナの頬を撫で、ちゅっと音を立ててキスをしてきた。

「では、この敏感な体……味わわせてもらおうか」

「きゃ、……、っ、……！」

ユーリーの手が、クリシュティナの腿の裏にまわされる。ぐいと持ちあげられると、濡れた部分を彼の目の前に晒すことになる。どく、どくと心臓が鳴った。ユーリーは、まるで検分するかのようにじっとクリシュティナの両脚の間を見つめている。

「狭そうだな……食いちぎられそうだ」

愉しげにユーリーは言って、勃起したものを近づけてくる。その先端が秘所に触れ、クリシュティナはびくりと震えた。今日は触れるだけではない、ぐいと中に突き立てられて、クリシュティナは大きく背を反らせる。

「いあぁ、……、っ、……っ……」

「狭いな……冗談ではなく、食いちぎられる……」

しかし彼の心は、それを悦んでいる。クリシュティナの肢体を悦び、声を愉しんでいる。それが伝わってくる。クリシュティナは懸命に体から力を抜き、彼を受け入れようとした。

「積極的だな……？　おまえも、待っているのか？」

「こ、わい、です……」

正直な気持ちを、クリシュティナは述べた。

「でも……ユーリーを、感じたくて……もっと、いっぱい……」

「かわいいことを言う」

ずく、と嵩張《かさば》った部分がクリシュティナの蜜園を裂いた。その質量にクリシュティナは息を呑み、しかし指で蕩かされた隘路《あいろ》は、入ってきたものを悦ぶように受け止める。

「ほら……入ったぞ。おまえが、嬉しげに受け止めている」

「ひぁ……、ぁ、ぁ、……っ、……」

クリシュティナが声をあげるたびユーリーがその胸に湧いた悦びを露わにしていることが伝わってくる。彼に悦んでもらえるならとクリシュティナも懸命に受け入れるのだけれど、いかんせん初めてのことだ。体にどのように力を入れていいものかわからず、戸惑う彼女の体は、たちまち半分ほどまで彼を受け止めた。

「い……っ、ぁ……、っ、……」

自分の体が、開かれていく。あらぬ場所が口を開けて男を受け入れている――クリシュティナは深く息をつき、男の欲望を呑み込む感覚に溺れていく。

「ああ、あ……、っ、……」

「おまえの中は、心地いい……」

はっ、と乱れた息を吐きながらユーリーは言った。

「きゅっと締めつけてきて……いい感じだ。食いちぎられるかと思ったが、そうでもないな」

「食い……、なん、って……、っ……」

クリシュティナは、ユーリーを仰ぐ。彼の顔は相変わらずよく見えなかったけれど、満ち足りて、クリシュティナの体に満足していることは伝わってきた。

「柔らかい……、中が、きゅうきゅう締めていること……感じているか?」

「は、……、っ、……、っ、……」

ずん、と突かれてクリシュティナの声が裏返る。手を伸ばすと、大きな手がそれを掴んだ。ぎゅっと手を握られて安堵する。同時に下肢を強く突かれ、クリシュティナは悲鳴をあげた。

「襞が、絡みついてくる……おまえも、心地いいのだな……？」

「は、い……、っ……」

秘所を破られる痛みは、先ほどまでの丁寧な愛撫に溶かされてそれほどには感じない。ときおりぴりぴりするのも快感で、クリシュティナはしきりに身を跳ねさせた。

「ユーリー、っ、……、っ……」

手を伸ばして、抱きしめて。すると繋がった部分がより深くなる。ずくん、と突かれてぴりっとした痛みを感じたとき、ユーリーが言った。

「今……、おまえを、女にした」

「お、んな……」

どういう意味だろう。ユーリーの心の中に浮かんでいるものは複雑で、快楽に囚われているクリシュティナには読むことができない。ただ彼が悦んでいることだけはわかって、できるだけ体を柔らかく、彼を受け止めようとする。

「女、ですわ……、わたし、は……」

「そういう意味ではない」

くすくすとユーリーが笑う。彼の指がつっと下腹部をすべり、クリシュティナはびくんと反応した。

「この奥に、私が入っている……おまえが女になった、私のものになった、という証だ」

「ユーリーの、ものに……」

それは甘美にも心に響く言葉だった。クリシュティナはユーリーを抱きしめ、ふたりの結合をより深くしようと求める。

「嬉しい、です……、っ……」

顔も知らない、この男。しかし抱き合っていると心の中に沁み渡ってくるものがあって、それがひとつになって繋がることかと、クリシュティナは思った。

「……動くぞ」

快楽は、それだけでは終わらなかった。ユーリーはクリシュティナの抱擁をほどかせて、腰を掴む。じゅくりと引かれ、抜け出てしまうのかと思うのと同時に深い部分を突かれる。

「ひぁあ……ああ、……、あ、あっ……!」

内壁が、ねじれる。媚肉が熱を孕《はら》む。引き抜かれてはまた擦られ、今までにない刺激にクリシュティナは嬌声をあげる。

「い、……ぁ、あ……っ、……、っ……」

体を捩らせて、過激すぎる快楽から逃れようとする。しかしユーリーの手はしっかりとクリシュティナの下肢を押さえていて逃げられない。

「もっとだ……、もっと。深く味わわせろ」

「やぁ、あ……、ああ、あ……、ぅ……」

じゅくり、じゅくりと音を立てて抽挿が繰り返される。そのたびにクリシュティナは甲高い声とともに咽喉を反らせて身を躍らせる。

「つあ、あ……、ああ、あ……だ、め……ユーリー、っ……」

「まだまだだ」

ユーリーは同時に、尖りきったクリシュティナの秘芽をいじる。押し潰し摘み、捻ってはクリシュティナに声をあげさせる。同時に内部を擦られ淫肉を拡げられ、その奥に隠れた敏感な神経を刺激される。

「まだだ……もっと、深くまで。おまえの、甘い声を聞かせろ……」

「い、ぁ、ぁ……ぅあ、あ……、っ、……」

つま先までが、大きく反る。全身に力が入って、そのぶん感じる神経は鋭く、与えられる快感を甘受する。

「あ、だ、め……、ユーリー、……、っ、……」

「達くのなら、また達けばいい……何度でも、私が受け止めてやる」

「だめ、……、っ、……、あ、あ……、ああ、あっ！」

体中が蕩けてしまいそうだ。繋がった部分から溶けて、自分がなくなってしまいそう
——そんな錯覚に囚われながら、クリシュティナはユーリーのなすがままになる。

「ああ……、っ、……、っ、……」

深い部分を、抉るように突きあげられながら芽をいじられて、クリシュティナの声は掠れてしまう。快感が体中の血を熱くして、クリシュティナは腰を揺らして咽喉を嗄らし、喘ぐ。

「おまえの中は、心地よすぎる……」

呻くように、ユーリーは言った。

「これほど悦い女を、私は知らない……おまえこそが、おまえこそ、が……！」

「ひぁ、あ……あ、あ……っ……！」

ユーリーが、苦しげな息を吐いた。それが乱れわななき、同時に呑み込んだ彼自身もひ

くひくと痙攣して、新たな快感を呼び起こす。

「い、……ぅ、っ、……、っあ、あああ、あ！」

クリシュティナが大きく体を震わせたのと同時に、熱いしぶきが体中に広がる。溶けてしまう――クリシュティナは本気で、そう思った。熱はクリシュティナの下腹部に流れ込んできて、腹の奥が熱くてたまらない。クリシュティナは呻き、そんな彼女をもうひとつ、大きな突きあげが襲った。

「つあ、あ……ああ、あ……、っ……」

「く、っ、……、っ」

ユーリーが、大きく身を震わせた。息をつくと、じゅくりと音を立てて自身を引き抜く。その刺激にもクリシュティナは声をあげ、抜かれたあとは奇妙な空虚が体を貫いた。

「あ……、ユーリー……、っ……」

部屋は相変わらず暗くて、彼の顔はわからない。それでもクリシュティナは手を伸ばし、彼を抱きしめた。重なる体の温かさ、その重みが心地いい。クリシュティナは、はっと息をつき、その唇をユーリーが塞いだ。

「ん、……、っ、……」

食べてしまいたい、とのユーリーの思いが流れ込んできた。彼に食べられる――クリシユティナは震えた。ややあってくちづけはほどかれ、彼がじっと自分を見つめているのがわかる。

クリシュティナは、ぞくりと震えた。情交の間はあれほど熱く、クリシュティナの体を労ってくれたユーリーを遠く感じる。そのことがせつなくて、しかし相手は顔も見えない、初めて会った男なのだ。せつない、という自分の感情に驚いた。

「クリシュティナ。また、来る」

そう言い残し、ユーリーはばさりと衣を取りあげた。着るのを手伝わなくてはいけないのかもしれないけれど、今のクリシュティナは身動きすることもできない。

衣を手荒く整えたらしいユーリーは、去っていった。彼の足音が響くと、複数の足音が近づいてきた。彼の従者たちだろう。彼らに乱れた自分の声を聞かれていたのかと思ったクリシュティナは、再び体が熱くなるのを感じた。

ユーリーの姿がなくなったのと同時に、侍女たちが現れた。彼女たちもまた、隣室かどこかでクリシュティナがひとりになるのを待っていたのだ。

クリシュティナの実家にも、従者や侍女はいたけれど、閨のあとにこんなふうに世話をされるなど考えてもみなかったので、クリシュティナは慌てた。しかし侍女たちは平静な顔をしてクリシュティナの体を拭い、両脚の間すらきれいにして、脱がされたままだった夜着を着せてくれた。

「クリシュティナさま、ご不快なところはおありではありませんか」

侍女は言う。クリシュティナは首を振った。ユーリーの入ってきたところはいまだにずくずくと蜜を垂らしていたけれど、違和感があるというだけで痛いというわけではなかった。

「では、おやすみあそばせ」

掛布に包まれて、クリシュティナは眠りに落ちた。甘く抱かれた感覚を夢に、朝まで一度も目も覚まさなかった。

第二章　バラライカの君とドムラの姫ぎみ

クリシュティナは、ドムラを奏でている。夜の庭、ドムラの音は低く静かに響き、耳に心地いい音楽を奏でてくれる。

夜の庭園には、誰もいない。妃たちの舘が集まる後宮から遠い場所だからこそ、クリシュティナは心置きなくドムラを奏でることができる。

ほかの妃たちの嫌がらせは、やまなかった。茶や食べものに異物が入っていることは日常茶飯事、個別に与えられている館の床に水を撒かれたり庭園の植草を刈り取られたり。自分が嫌がらせの対象になる理由は、心が読めるゆえに気味悪いと思われているから——できるだけ隠してはいるものの、どうしても言葉の端々に出てしまう——慣れたとはいえ、気分のいいものではない。

庭園の隅に腰を下ろして、クリシュティナはドムラを奏でている。最後の旋律を奏で終わり、また最初から弾き始めたとき、ふと耳にした音に手が止まった。

（なに……）

どこからか、流れてくる音がある。これはバラライカだろうか。クリシュティナのドムラが止まるとその音も止み、彼女が再び奏で始めると、バラライカも演奏を開始した。

（どなたなのかしら……？）

好奇心は湧いたものの、しかしここは後宮から離れた庭園だ。本来なら妃が入ってはいけないところなのであり、それを見咎められることをクリシュティナは恐れた。

（妃では、ないわね？　臣下のどなたかかしら？）

それにしても、いい音色だとクリシュティナは思った。男の手によるものか、女の手によるものか——力強い音の響きは、男が奏者なのかもしれない。

（見も知らぬかたとの、合奏……）

それは、わくわくする出来事だった。ひとりさびしくドムラを奏でるのではない、合わせてくれる仲間がいることは心強く、この王宮に自分の味方がいるような気がする。

（どのようなかたが、演奏なさっているのかしら）

知りたい、と願う気持ちは強かったけれど、知らないほうがいいような気もした。

（バラライカの君……）

クリシュティナは、胸の奥でその彼をそう名づけた。彼のバラライカはいっそう端正に響き、クリシュティナのドムラと音が重なり、絡まる。それは夜の庭園に静かに流れる音楽となり、クリシュティナは知らず、ため息をついていた。

（こんなお上手なかたと、合奏できるなんて）

この宮殿も、悪いところではないのではないか――後宮での出来事は不愉快なことばかりだけれど、こうやってクリシュティナのドムラに応えてくれる人がいる。これほどうつくしい音色で合奏してくれる人がいる。それで、充分なのではないか。

（ドムラと……あのバラライカの音色があれば、生きていける。この後宮に、わたしを、支えてくれている人がいるような……そんな気に、なれるもの）

バラライカの音色がどこから響いてくるのかはわからないけれど、クリシュティナはそれに合わせて、熱心にドムラを奏でた。ふたつの音は絡んでひとつの音色のようになり、夜空に昇って霧のように消える。

(あなたがいてくださるから、わたしは生きていけます……生きていこうと思います。あなたが、わたしのドムラに合わせてくださるかぎり、ずっと)

クリシュティナはますます熱心に、ドムラを奏でた。バラライカの音はそれに合わせて妙なる音色を奏で、ふたりの合奏は、いつまでも続いた。

□

その日、後宮のクリシュティナの部屋を訪れたのは宰相と名乗る人物だった。

黒髪に、琥珀色の瞳。穏和な印象を与える彼は、しかし少し困った顔をしていた。

「クリシュティナ妃に、贈りものです」

後ろからついてきた従者たちは、なにかを抱えている。部屋の奥からはそれがどういうものかは見えないけれど、なんとなく腥《なまぐさ》い匂いがするせいか、侍女たちも目を見合わせている。

「陛下は、今日猛獣狩りに出られました。とらえた最も優れた獲物を、クリシュティナ妃に差しあげたいと……」

「な、んなのかしら……？」

戸惑うクリシュティナの前に、従者たちが抱えていたものを下ろす。それを目にしたとたん、クリシュティナはふっと気が遠くなるのを感じた。

それは、白地に黒い斑点のある牙を剥いた動物だった。剥がれた皮に、頭だけがついている。皮は剥がしたばかりらしく白い毛皮には点々と血が散っていて、その生々しさ、そして匂いに、クリシュティナはその場に倒れてしまった。

「クリシュティナさま！」

「お気を確かに！」

侍女たちは、こぞってクリシュティナを寝台の上に抱きあげ、気つけ薬をかがせる。それに気を取り戻したけれど、頭のついたままの動物の毛皮は変わらず床に広げてあって、それにまた気絶しそうになった。

「陛下にも、困ったものです」

黒髪の男性は、ため息とともにそう言った。

「女性がこういうものを恐ろしがることを、ご存じないのです。今日一番の珍しい獲物である白豹の毛皮とはいえ、剥いだばかりの皮を……」

「で、も……」

床に広げてある毛皮に、あまり視線を向けないようにしながら、クリシュティナは言った。

「陛下の、お心づくしですもの……ありがたく、受け取らせていただきますわ」

「あなたは、勇気のあるかたですね」

驚いたように、黒髪の男が言った。

「私は宰相のラヴロフと申します。クリシュティナ妃さまには、お初にお目にかかります」

「はい……、よろしくお願いいたします」

ラヴロフは、柔和な笑顔でそう言った。その表情にほっとして、これほどに穏和で、優しそうな人物があのバラライカの主であればいいのに、と願った。

「あの……」

だから、勇気を振り絞って声をかけた。

「ラヴロフさまは、楽器を嗜《たしな》まれますか？」

「いいえ、楽器は。とんだ不調法者で」

笑顔とともに、ラヴロフはそう言った。クリシュティナは少し落胆したものの、ラヴロフは謙虚なだけかもしれない。王の妃に、趣味を告げることなどないのかもしれない。そう考えることで、自分を慰めた。

その夜も、クリシュティナはドムラを奏でていた。

後宮から離れた、静かな庭園だ。そこに響くドムラは低く高く、耳に心地いい音楽を奏でてくれる。自分の手から紡がれるそれを、クリシュティナはどこか遠くから聞こえるもののように聞いていた。

その音に、バラライカの音色が混じる。それも遠く、庭園の端で奏でられている音楽のようだ。

こんな夜が、幾夜続いただろうか。クリシュティナは、バラライカの音の主が知りたくてたまらなくなっていた。今夜のクリシュティナはドムラを手に、庭園の中を歩き始める。ドムラの音が途切れても、また弾き始めるのを待っているようにバラライカの音色は途切れず、まるでクリシュティナの道しるべのようだ。

ときおり、合図のようにドムラを鳴らしながらクリシュティナは歩く。後宮よりもずっと遠い、今は開いていない薔薇の園、その真ん中には人が十人ほどはくつろげそうなあずまやがあった。そこにいるのは今はひとりで、バラライカの音はまさにそこから聞こえてきていた。

「あなた、は……」

夜の暗さのせいで、すぐに顔は見えなかった。あの優しげな宰相ならいいと思ったのだけれど、宵闇の中にいたのは、赤みがかった金髪と紫の瞳の青年だった。

ローブを着崩して、手にはバラライカを持っている。以前から聞こえていた音色の主は、まさに彼に違いなかった。

「いい夜だな」

男は言った。どこかで聞いたことのある声だと思いながらも、はっきりとは思い出せない。曖昧に、クリシュティナはうなずいた。

「ドムラの姫ぎみは、おまえか？」

「姫ぎみ、なんて……」

それどころか、自分は妃だ。ユーリーの妃でありながら、このような場で見知らぬ男と言葉を交わすことが許されるのか――そう思いながらも、後宮に入ってすぐのころから聞いていたバラライカの音の主だ。心動かされないわけがなく、クリシュティナは彼に近づいた。

「いつも、ここでバラライカを弾いていらっしゃるの?」

「どこからともなく、ドムラの音が聞こえたときにはな」

人を食ったようなもの言いをして、男は笑った。その笑い声にもどこか聞き覚えがあるのだけれど、クリシュティナにはどうしても思い出せない。

「あなたは、どなたなのです?」

ドムラを抱えたまま、尋ねた。しかし、膝の上でバラライカを奏でる男は答えない。

「バラライカの君、とでも呼んでいただこうか。ドムラの姫ぎみ」

「秘密、というわけなのですね」

「私も、おまえの名を詮索したりはすまい……ただ、ともに楽器を奏でる仲間……それで、いいではないか」

「え、ええ……」

クリシュティナはうなずいた。彼の正面に当たる位置に腰を下ろし、彼の流れる金髪、じっと見つめてくる紫の瞳を見つめる。

「あなたは……」

そう問おうとしたクリシュティナの声は、バラライカの音にかき消された。流れてくるのは妙なる音楽。クリシュティナもドムラを取り、弦を奏で始めた。

旋律が絡まる。遠くから聞こえていたときとは比べものにならないほどに、細かいところも耳に入る。それを受け取って音を重ね、紡いでいくのは楽しかった。クリシュティナは今までにないほどうきうきした気分でドムラを弾き、バラライカに合わせる。

まるで長年連れ添って、楽器を奏でてきた同志のように調べは鮮やかに響いた。うっかり手をすべらせて違う弦を弾いても、バラライカの君はそれに合わせてくれる。またバラライカの君が違う音を弾くことがあっても、クリシュティナはそれについていった。あずまやには聞き慣れた、それでいて新しい音楽が流れていて、クリシュティナはわくわくと心をかき立てられた。

「……あ」

だから、バラライカの君が演奏をやめたときはがっかりした。彼はなにごとかに気を取られ、遠くを見ている。声が聞こえたような気がしたが、なんと言っているのか、クリシュティナには聞き取れなかった。

「至福の時間も、これまでだな」

ため息とともに、バラライカの君が言った。彼は行ってしまうのか——クリシュティナの胸には一抹のさびしさが走る。彼を目で追うと、唇の端を持ちあげて微笑んだ。人を食ったような笑みではあるが、それがクリシュティナの気に入った。

「では な、ドムラの姫ぎみ」

「あの……また、お目にかかれますか」

掠れた声でそう言うと、バラライカの君は目を細めた。

「そうだな。また、縁があれば」

「でも、あなたは……わたしがドムラを弾くたびに、合わせてくださっているではないですか。それは、ここではないのですか？」

「ドムラの音は、よく響く。どこにいてもよく聞こえる……それを追って、私はバラライカを奏でている」

「ここにいるとは、限らないのですか……」

さびしげな声でクリシュティナが言うと、バラライカの君は笑みを濃くする。そして立ちあがり、大きな手でクリシュティナの銀色の髪をひと束すくうと、その艶を愉しむように撫でて、そして脇を通って去ってしまう。

「……え？」

思わず声があがった。振り返ると、月明かりに彼の金髪が光る。彼が遠のくのと、バラライカの音色が再び聞こえ始めたのは同時だった。クリシュティナも手にしたドムラを奏で、庭はふたりの合奏の音でいっぱいになる。

聞き覚えのある声、触れられた髪の感覚。ドムラを奏でながら、あれは誰だったのだろうかと首を傾げた。どことなく覚えがあるような、それでいて思い出せない——もどかしさに唇を噛む。

（バラライカの君……あなたは、いったい誰？）

ドムラを奏でながら、考えた。過去を辿っても蘇る記憶はなく、やきもきした気持ちを抱えながら、クリシュティナはドムラを奏で続けた。

□

照らすものは蝋燭だけの部屋で、侍女によって着替えさせられ、眠る用意をする。レースの上掛けを侍女がめくると、そこには蛙が二匹——真っ黒な目をこちらに向けていた。

「きゃぁーっ！」

叫んだのは、侍女だった。彼女たちが腰を抜かさんばかりになっている中、クリシュティナはひとつまばたきをして、蛙を見た。

不気味なものなら、頭のついた白豹の毛皮のほうがよほどに不気味だった。そして今のクリシュティナには心の支えがあった——バラライカの君。たかが蛙くらいで叫んでいては、彼に対して恥ずかしいと思った。一度しか会ったことはないけれど、彼なら蛙くらいと鼻で笑い飛ばしそうだ。

「誰か。あの蛙を、表に逃がしてちょうだい。そして、新しいシーツを」

「は、はい……」

いつもなら、真っ先にクリシュティナが声をあげるところ、彼女が無反応だったことに驚いたのだろう。部屋の中は静まりかえった。続く小さな声は、誰が蛙の始末をするか決めようとしているらしい。

(こんな後宮にも……バラライカの君のようなかたがいらっしゃるのだわ)

侍女たちが寝台を整え直している間に、クリシュティナは椅子に座った。

(これもまた、妃のどなたかの仕業なのでしょうけれど。バラライカの君のようなかたがいらっしゃるかぎり、私は負けないわ)

かたわらのドムラを取りあげ、奏で始める。するとどこからか、バラライカの旋律が聞こえてくるような気がする。

(また……お目にかかりたいわ。私がドムラを弾いていれば、お目にかかれるかしら。また、ご一緒できるかしら)

鮮やかな金の髪に、紫の瞳。笑うと目尻に皺ができ、楽しそうに笑う声――。

（わたしは、バラライカの君に、惹かれている）

それは間違ったことだろう。クリシュティナは、皇帝の妃なのだから。しかし心の支えにするくらいのことは許されるのではないか——誰にも言わずに、心の中に閉じ込めておくくらいいなら。

□

ご機嫌でいらっしゃいますね、と言ったのは、宰相のラヴロフだった。

「そうか？」

「はい。鼻歌など歌われて。なにかいいことでもあったのですか？」

「面白い女に会った」

机の上の書簡をめくりながら、ユーリーは言った。

「面白い女？　後宮の女ですか？」

「ああ。私の妃のひとり、なのだろうな。しかし、その自覚もなく……まだまだ、子供に過ぎない」

ユーリーは口の端を持ちあげ、目が合ったラヴロフは、呆れたようなため息をついた。

「その子供を、手込めになさったわけですか」

「人聞きの悪い。その子供に自覚を持たせ、女にしてやるのが夫の務めだろう？」

「その、女にしてやる過程が面白かったと？」

「……いや」

書簡をめくる手を止めて、ユーリーは言った。

「普通ではない、と噂されている妃だ。なにが普通でないのかは知らない……わからなかった。私の前ではなにもおかしなことはなかったのだがな」

「普通ではない？」

訝しむような顔をして、ラヴロフは繰り返した。

「そのような女を、後宮に置いておいてよろしいのですか？」

「だから、どんな女か見にいったのだ。うつくしい金……いや、銀髪か？　私好みの色合いの髪の女だった」

「この国の慣習にも、困ったものですね」

ラヴロフは、困惑したようにつぶやいた。

「閨においてさえ、皇帝の顔を見てはいけないとは。もちろん畏れ多い存在と自覚させるのはいいことですが、皇帝もご自身の妃の顔を見られない」

「女など、どれも同じだ」

一枚の書簡に目を通しながら、ユーリーはつぶやく。

「しかし、あの女……クリシュティナといったか。あの女は、違う。皆に普通ではないと言われているところからして、面白い。それに指に、ドムラの弦の痕があった」

「では、そのクリシュティナという妃が、陛下の『ドムラの姫ぎみ』……？」

「恐らくな」

言って、ユーリーは顔をあげる。ラヴロフのほうを見て、にやりと笑った。

「しかもクリシュティナは、私が『バラライカの君』……皇帝であることに気がついていない。なんとも、愛おしいことではないか」

「お目をおかけになったのですか？」

訝しげに、ラヴロフは言った。

「クリシュティナ妃……辺境の子爵の娘でしかないではありませんか」

しばし考え、思い出したらしいラヴロフは、苦い口調で言った。

「皇帝の寵愛を受けるには、やや身分が足りないと存じますが」

「身分など、なにほどのものだ」

笑いながら、ユーリーは答える。

「私が、愛しいと思うかどうかが一番大切だ。まぁ……仮にクリシュティナを妃に、となると、反対する者が多そうだが」

「あたりまえです。クリシュティナ妃を、皇后にとお考えなのですか？」

「それは、まだだ」

羽根ペンを取りあげ、書簡に書き込みをしたユーリーは、ラヴロフのほうを見た。

「そこまでの判断には至っていないが……なにが、後宮の者たちをしてクリシュティナを普通ではないと言わしめているのか、興味がある」

「陛下の物好きには、感嘆いたします」

ため息とともに、ラヴロフは言った。

「女など、どれも同じだとおっしゃったではありませんか。それなのに、あえて変わった娘にお目をかけるとは」

「普通など、つまらぬ」

書いたあとにふっと息を吹きかけ、乾かしながらユーリーはつぶやく。

「なにが、あの女を普通ならしめているのか。興味深い……ああ。まったく、興味深いな」

「まさにそれを、物好きだと申しあげているのです。陛下」

「まぁ、そう言うな」

ラヴロフの苦虫を噛み潰したような顔を見て、笑いながらユーリーは言う。

「なぜ、あの女が普通でないと言われているのか。そして、私が『バラライカの君』だと知ったときの顔も見てみたい。……そのくらいの楽しみは、許されてもいいのではないか？」

「政務に支障のないように、陛下」

釘を刺すように、ラヴロフは厳しい口調で言った。

「仮にも、そのような身分の低い妃を皇后に、などと言い出さないように」

「それは、わからぬぞ？」

にやり、とユーリーが笑うと、ラヴロフはますます厳しい顔をした。

「おまえがそれほどに反対すると、私の天邪鬼《あまのじゃく》が動き出すやもしれぬ。かわいらしい女だったのは事実なのだからな」

なおもラヴロフは、厳しい目でユーリーを見ている。

「どうせ、いずれかは皇后を決めなくてはならない。ならば、少しでも面白い娘のほうがいいではないか。一生を添い遂げなくてはならないのだからな」

「その物好きが、御身を危険に追い落とさなければいいのですが」

「なにを懸念している」

声を立てて、ユーリーは笑った。

「たかだか、女のことだ。その程度のことで、国が揺らぐとでも？」

「……東の国では『傾城』という言葉もあります」

国をも傾ける、美貌の女。ラヴロフの言葉に、ユーリーはまた笑った。

「国家を傾けるほどの美女だとは思わなかったがな」

そう言って、ユーリーはラヴロフを見た。彼は変わらず、苦虫を嚙み潰したような顔をしていた。

□

クリシュティナのもとに使いがやってきたのは、バラライカの君に出逢ってから一週間ほどのちのことだった。

「……皇帝陛下が？」

クリシュティナは思わず、声をあげた。使いの持ってきた書簡には、確かに日時が記してあって、皇帝の居室、中央の間に来るようにと書いてある。

その日から、侍女たちは新しいドレスを仕立てたり髪型を考えたり、大わらわだった。クリシュティナだけが、なぜ自分が呼ばれたのか理由がわからず唖然としているのだ。

淡い赤のドレスには、布でできた薔薇がいくつも飾られている。髪は高い位置でひとまとめにし、ドレスと同じ布でできたリボンを結んであった。

いつぞや、閨で皇帝を迎えたときよりも長い裾のドレスを引きずって歩きながら、クリシュティナは心の底から緊張していた。書簡から、人の心が読めればいいのに。皇帝の意図がまったくわからず、ただクリシュティナは迎えにやってきた従者に先導されて歩いていた。

「クリシュティナ妃の、おなりにございます」

従者の声が響く。新たに現れた、皇帝の側づきであろう身なりのいい従者がクリシュティナに頭を下げる。それに対して会釈をし、そっとその従者の心を読んだ。

『うつくしくはある。が、特に気に入りにするほどか？』

彼の考えに、自分はいつの間に皇帝の気に入りになったのかと思う。皇帝がクリシュティナを訪ねてきたのは一度だけだし、暗くて彼の顔さえ見えなかった。

長い廊下を抜けて、通された部屋は思いのほか小さかった。朝議の間のように広い部屋を想像していたクリシュティナを拍子抜けさせた。

「……あ」

見覚えのある顔は、宰相のラヴロフだ。彼は笑みとともにクリシュティナを迎えてくれた。その隣の長椅子に腰を下ろしているのは。

「バラライカの君……」

「私だということに、気づかなかったのか？」

バラライカの君——皇帝、ユーリーはにやりと笑いながらクリシュティナを見ている。

「顔も覚えられていなかったとは、せつないことだな」

「だ、って……、あのときは、暗くて……」

「おまえが後宮に入ってきたときから、おまえのドムラに合わせていたのも私だ。それにも、気づかなかったのか？」

「だって……、だって……」

ユーリーは楽しげな顔をしたまま、ラヴロフに合図をした。出てきたのは、見覚えのあるバラライカだ。それを奏でる手つきも『バラライカの君』そのものだけれど、彼は皇帝のユーリーだというのだ。

「なぜ……隠してらしたの？」

「ん？　隠していたつもりはないが」

バラライカの弦を爪弾きながら、ユーリーは言った。

「閨ではあれほど緊張していたおまえが、ドムラを手にすると一変するのが楽しくてな。言おうと思えば言えたが、こうやっておまえを驚かせたかった」

「なぜ……それが、今なのですか」

「なかなか、再びおまえのもとに行く機会が作れなかった。……しかしこのたび、会うことができた」

ユーリーの笑顔は、クリシュティナをからかうような色からぱっと明るいものに変わった。そのような顔をすると、まるで少年のようだ。クリシュティナは思わず見とれ、視線が合ったユーリーは目を細める。

「ドムラは、持ってこなかったのか」

「はい……、申し訳ありません」

「まぁ、いい。合奏する機会など、いくらでもある。おまえが後宮にドムラの音を響かせさえすれば、私はいつでもそれに応える。あのドムラの主とおまえが同一人物で、本当によかった」

ユーリーはなにを言いたいのだろう。首を傾げるクリシュティナに、ユーリーはくすくすと笑った。

「おまえを気に入った、と言っているのだ。私が妃を気に入るなど、めったにないぞ？これほど気に入った女は、おまえ以外にない」

そう言ってにやりと笑った彼を前に、クリシュティナは真っ赤になった。頬が熱い。まわりにはラヴロフをはじめとした諸臣がいるというのに、なんの恥ずかしげもなく「気に入った」とは。

「ですが、陛下にはたくさんの妃がたがおられます。あのかたがたを、ないがしろにするようなことは……」

「ユーリーと呼べと、言っただろう」

眉根を寄せて、ユーリーは言った。

「そうだな、後宮など解散してしまってもいい。おまえは、私の子を産んでくれるだろう？」

「そ、そのようなこと、わかりません！」

まだ頬を熱くしたまま、クリシュティナは叫んだ。

「しかし、私がおまえと決めたのだ。私の子を産んでくれねば困る」

「そのための、後宮ではありませんか！」

「だから、おまえに産めと言っているのだ。なんなら、今からおまえを孕ませてやってもいいが」

「ユーリー！」

クリシュティナの叫びに、ユーリーは楽しげに笑った。クリシュティナをからかっているのか本気なのか、判じがたい。

「そうできるものなら、したいのだが。しかし今から、合議があってな。おまえの相手をしてやれない。まったく残念だ」

「まだ陽が高いではありませんか！」

思わずクリシュティナはまわりを見まわすが、目が合ったラヴロフは笑っているし、ほかの臣下たちも同様だ。この程度は、ユーリーのいつもの軽口だというのだろうか。伝わってくる心も温かいものばかりで、ふたりを冷やかすようなものではない。

「……ユーリーは、意地悪です」

クリシュティナがつぶやくと、ユーリーは口の端を持ちあげて笑った。その笑みは見ていてこちらまで笑ってしまうようなもので、クリシュティナはため息をついた。

「あなたがそんなかただなんて、思いませんでした」

「こういうやつなんだ、私は」

言ってユーリーは手を伸ばす。「こっちに来い」との心を受け取ってクリシュティナが彼に歩み寄ると、彼は手を伸ばしてクリシュティナの顎を掴み、ちゅっとくちづけを落としてきた。

「ユーリー……っ……！」

顔がまた熱くなる。まったく、クリシュティナは人の心が読めるのに、ユーリーの行動に関しては振りまわされてばかりなのだ。

「あとで、部屋を訪ねよう。覚悟しておけ」

唇を合わせながらユーリーはそう言って、目を細めた。

第三章　戦場の姫ぎみ

後宮に、流れてきた噂がある。

政治向きのことが、後宮に流れてくるとは珍しい。クリシュティナは耳を傾け、その深刻さに驚いた。

「それは……陛下に従わない者がいるということ？」

「そういうことになりますわね」

話を持ってきた侍女は、神妙にうなずいた。

「国庫に納められる穀物の中に、黴《かび》の生えたものが混ざっていたそうです」

興奮を隠せないようだ。侍女は息をついた。

「黴の生えた……そのようなものを流通させていて、いいの？」

「もちろん、廃棄されるべきですわ。ですがそれが国庫にまで流れてくるということは……おっしゃるとおり、陛下に従わない者がいるという証し」

クリシュティナは立ちあがった。侍女が、驚いた顔をしてクリシュティナを見ている。

「ユーリーに……陛下に、お目にかかるわ。使いを出して。あと、着替えさせてちょうだい」

「ですが畏れ多くも、クリシュティナさまが政務をお手伝いされることはないかと……」

「いいの。わたしにしか、できないことがあるわ」

ユーリーへの使いはクリシュティナの部屋を出、クリシュティナはできるだけ落ち着いた紺のドレスを身にまとい、髪を結いあげられながら考えた。

（そういうことがあったのなら、臣下の誰もなにも知らないということはないはず）

なにしろ、国庫に関することなのだから。誰か、糸を引いている者がいてもおかしくはない。そしてクリシュティナの力があれば、その者を燻《いぶ》し出すことができるのだ。

（ユーリーが信じてくれれば、だけれど……）

心が読める、など、親にも告白したことがない。さすがに両親や乳母は気づいていたかもしれないけど、口に出して誰かに告げるのは初めてだ。

（きっと、ユーリーは信じてくれるわ）

信じてもらえなければ、首を落とされても文句は言えない、冗談にもならない告白だ。

しかしクリシュティナは真剣だった。ユーリーから「待っている」との返事をもらい、後宮を出る。中央の間に入ると迎えの従者が出ていて、クリシュティナはユーリーのもとに案内された。

「ユーリー」

「どうした、クリシュティナ」

彼は執務机に向かっていて、以前のようなゆったりした雰囲気はない。クリシュティナも背中に力を入れて、ユーリーの前に立った。

「あの……お人払いを。お願いします」

そこには宰相のラヴロフもいたけれど、クリシュティナはあえてそう言った。ユーリーは皆に退室を命じ、部屋にはふたりだけになる。

「クリシュティナ、なんだ。愛の告白か？」

「ふざけている場合ではありません」

にやりと笑ったユーリーを、クリシュティナは一蹴した。クリシュティナの真剣な表情に、なにかを感じ取ったのだろう。ユーリーも真面目な顔になって、クリシュティナを見やった。

「実は……」

ユーリーは信じてくれるだろうか。そればかりが心配だったけれど、彼はその紫の視線をじっとクリシュティナに注いでいて、そのまなざしにクリシュティナは勇気を得た。

「わたしは、人の心が読めるのです」

「……ほぉ」

本当か、と訝しむ彼の心の声が聞こえる。当然だろう、疑われても仕方がない。それでもユーリーは、真剣な顔をしてクリシュティナを見ている。

「穀物の、黴のこと……聞きました。その糸を引いている誰かが、わかるかもしれません」

「後宮までに広がっているのか」

ふぅ、とユーリーがため息をついた。そして顔をあげてクリシュティナをじっと見る。

「確かに、家臣の誰かが糸を引いているのだろう。でなければ、国庫にまで流れてくるはずはないからな。それが誰か……腐った林檎が誰なのか」

「わたしを、皆さまのおられるところに連れて行ってください！」

クリシュティナは叫んだ。

「わたしなら、その腐った林檎を見抜くことができます！　お顔さえ見れば、そのかたがなにを考えているのか読み取ることができます！」

(愛《う》いやつ)

ユーリーの心が伝わってくる。クリシュティナは、かっと頬を熱くした。

「な、なにをお考えなのですか！　それよりも、わたしを働かせてください！」

「本当らしいな、心が読めるというのは」

そう言って、ユーリーは立ちあがった。じっとクリシュティナの瞳を見て、そして「ついてこい」と顎をしゃくる。

「すべてではないが、臣下の者たちが詰めている部屋がある。そこで、やつらの考えを読んでほしい」

「……はい」

ごくり、とクリシュティナは息を呑んだ。

「声には出さなくていい。あとで、私にどの者がなにを考えていたか聞かせるんだ。おまえのその力は、どのくらいまで正確なんだ？」

「お顔を見たかたのお考えなら、わかります。その穀物事件は、いつ起こったのですか？」

「事件の発覚自体は、一昨日だ。しかし犯人はまだ捕まっていない。どこからのつながりなのかわからず、調べが滞っているところだ」

「一昨日なら、まだ……」

「ああ、犯人はうまく隠れている可能性がある。まだ、捕まえられる……」

ユーリーは握り拳を作り、唇を噛んだ。その姿に、この事件はクリシュティナが考えている以上に大きなものであるということが推測できた。

「おまえは、私の思わぬ助けになってくれそうだな。頼りにしているぞ」

「はい……！」

クリシュティナは、カーテンの陰に案内された。ここからそっと集まっている臣下たちを覗き、心を読めということらしい。

部屋には長いテーブルがあって、男たちが集まっている。話をしている者、書きものをしている者。二十人ほどはいるだろうか。彼らの心を読もうとすると、一気にそれぞれの考えがなだれ込んできて、クリシュティナは懸命に咽喉から出そうになる悲鳴を呑み込んだ。

「どうした」

後ろからそっと、ユーリーが声をかけてきた。

「あの……今まで、極力読まないようにしてきたので……」

「ああ、急に皆の考えが流れ込んできたか？」

クリシュティナは、驚いてユーリーを見た。彼はクリシュティナのような力を持たないのに、なぜクリシュティナの気持ちがわかるのだろう。

「想像はできる。当てはずれかもしれないが、そう思ったのだ」

「そのとおりです……」

つぶやき、また諸臣に目を向ける。穀物事件の、首謀者。しかし伝わってくる心の中に穀物のことを考えている者はおらず、クリシュティナは少々落胆した。

「あ」

ミシュレ。頭に入ってきた地名に、クリシュティナは目を見開いた。

（ミシュレとは、小麦の一大産地じゃなかったかしら？）

事件が起こったのは一昨日のことだ。黴が生えた穀物とやらが小麦の産地とまったく関係ないとは思えず、クリシュティナはその心の声に聞き入ろうとする。

（ミシュレ、……シュフテル、シロフスカヤ）

入ってくるのは地名ばかりで、事件に直接関係はなさそうだ。クリシュティナはそれらの地名を心に浮かべている、褐色の髪の男性から意識を遠のけようとする。

(いえ……、待って。ミシュレは小麦の産地、シュフテルは『穀物の倉庫』として有名な、国のあちこちから穀物が集まってくるところ)

クリシュティナは、ユーリーを振り返った。彼を見あげ、すると彼は背を曲げてクリシュティナに耳を近づけてきた。

「シロフスカヤ、とは、どのような地なんですの?」

密やかなクリシュティナの言葉に、ユーリーは顔をしかめる。

「賭場がある。周辺数カ国から客たちが集まってくる……が、我々が認めているわけではない。いわゆる、法の届かない場所だ」

「ミシュレと、シュフテル。そしてそのシロフスカヤを重ねて考えているかたがおられます」

そっと、クリシュティナはささやいた。

「あの褐色の髪の……ああ、シロフスカヤに土地を持っていらっしゃる……そこからのあがりが少なくなったと……」

「ラヴロフ」

ユーリーは、低い声で宰相を呼んだ。彼になにごとか耳打ちをして、そしてクリシュティナを見て微笑んだ。

「クリシュティナ、よくやってくれた。その力を使うのは、疲れるのではないか？」

「どうして、おわかりですの？」

「まるで、三日間眠っていないような顔をしている」

ユーリーの手は、クリシュティナの頬を撫でる。そうされて、初めて自分がぐったりと疲れていることに気がついた。

「部屋に帰って、眠るといい……いい情報を聞いた。これで、この件は片づくかもしれない」

クリシュティナの髪をかきあげながら、ユーリーは言う。

「おまえには、また働いてもらうかもしれない。そのときのために、休んでおけ」

「……はい」

うなずくクリシュティナに笑顔を向けて、ユーリーは行ってしまう。ここまで案内してくれた従者が、後ろから声をかけてきた。

「クリシュティナさま、後宮までお送りいたします」

「ええ……」

本当に自分は、ユーリーの役に立ったのだろうか。穀物事件は、これで解決するのだろうか。不安に思いながら、しかし疲労には勝てず、クリシュティナは自分の部屋へと足を向けた。

処刑がある、と聞いたのは、クリシュティナがユーリーのもとを訪ねてから曜日がひと巡りしたあとのことだ。

「処刑……ですって？」

「おまえの読んだとおり、あの褐色の髪の臣下が噛んでいた」

「では、あのかたが……？」

「いや、黒幕は別の男だ」

ユーリーは、疲れた様子でクリシュティナ愛用の長椅子に座った。クリシュティナは侍女に合図して、飲みものを持ってこさせる。

「これで、シロフスカヤの膿《うみ》が、一部だが取り除かれる。シロフスカヤを国家で運営する、清浄な賭場として生まれ変わらせることができる」

「でも、処刑なんて……」

ユーリーはクリシュティナを見て、笑った。

「この件に絡んだのは、下の者も含めれば百名は超す。頭の十人の首を落とすだけというのでも、たいした温情なのだぞ？」

「でも……、でも」

両手を組んで、おろおろとクリシュティナは言葉を探した。

「処刑ということは、死ぬのでしょう？　殺してしまうなんて、そんな……」

「それが、国の法というものだ」

じろりとクリシュティナを見て、ユーリーは言った。

「甘く出れば、つけあがる者が出てくる。当代の王はこの程度かと思われる。国を統べる者はときに優しく、ときに厳しくなければならない」

「それでも……、ですが……」

ユーリーの視線は、クリシュティナを睨みつけたままだ。クリシュティナがこう反応するということがわかっていたかのようだ。

「だが、おまえはそれでは納得しないのだろう？　せめて流刑へと減刑、そのようなことを考えているのだろう？」

「……ええ」

クリシュティナは口ごもった。

「そのようなことは、まかりならん。おまえは、私を甘い皇帝と人々に後ろ指さされる王にしたいのか？」

「そのようなわけでは……ありませんけれど」

ユーリーの心は伝わってくる。こうやって、事件の顛末を報告に来てくれただけでもクリシュティナにとってはありがたいことなのだ。ましてや皇帝の下した裁決に文句を言えるはずもなかった。

「……せめて、刑に処されるかたがたに、お花を捧げることは許されるでしょうか？」

「花だと？」

心底、ユーリーは驚いている。彼はその紫の瞳を見開いていて、クリシュティナは彼の目を、自分の青の瞳で見返した。

「ええ。無事、神の御許にゆけるように」

「罪深き者どもにか？」

「はい。罪を犯したといっても、きっとそれは弱かったから……罪の魅力に抗えなかったから。そんな彼らの弱さに、花を捧げて慰めても、構わないでしょう？」

ユーリー、とクリシュティナは呼びかけた。ユーリーは苦虫を噛み潰したような顔をしていたが、腕組みをして唸ったあと、眉根を寄せて言った。

「おまえが、個人として行うのならよかろう」

「個人として、とは？」

「妃としてではなく、クリシュティナというひとりの女としてなら、だ」

クリシュティナは、首を傾げる。

「……それ、詭弁って言いませんか？」

「詭弁でもなんでも、おまえがそうしたいのなら仕方なかろう？」

なおもユーリーは厳しい顔つきをしていたが、それがクリシュティナのわがままを最大限に聞き入れてくれた結果だということが、心を読むまでもなく伝わってきた。

「ありがとうございます……」

本当なら、彼らの命を救いたかったのだけれど。しかしユーリーの言うことはもっともで、クリシュティナに反論の術はなかった。

「本当に……命は、助けてはいただけないの？」

「おまえが、歴史に名を刻む愚王の妃となりたいのならな」

「お花は……いいのですよね」

ユーリーはちらりとクリシュティナを見て、なおも不機嫌そうに息をついた。

「決して、妃という位を出すな。おまえの名だけで、花を贈るのだ」

「わかりました……」

人を死に至らしめたくて、心を読んだわけではない。しかし結果としてそうなってしまった——クリシュティナは、唇を噛む。

「そのような顔をしなくてもいい」

しかし、ユーリーは言うのだ。

「おまえの働きによって救われた者は、無数だ。たくさんの者が、違法な賭博によっての自殺や一家心中から救われた。おまえは、自分を誇っていいのだぞ」

「そう、なんですの？」

言葉に詰まりながら、クリシュティナは言った。ああ、とユーリーはうなずく。

「私の妃として、充分な働きだ。おまえがいてくれて、よかった」

「……ええ」

まだもやもやとしたものを胸に抱えながら、クリシュティナはうなずく。ユーリーが立ちあがり、クリシュティナを抱きしめてくる。ぎゅっと腕に力を込められて、その感覚にクリシュティナは息をついた。

「まだ、自分の力のほどがわからないか？　おまえが私の心に、どれだけの痕を刻んでいるか……わかっていないのか？」

「あ、と……？」

「そうだ」

ユーリーは言って、クリシュティナの手を取る。彼はその手を自分の胸に置いた。すると彼の鼓動が伝わってくる。

「おまえの存在が、ここにしっかりと根づいた。私にはもう、たくさんの妃はいらない……おまえがいれば、それでいい」

「それはわたしが、人の心を読めるから？」

ユーリーは、きょとんとした顔をした。もちろん、この力がユーリーの役に立つのなら、それに越したことはない。しかしそれだけが理由でユーリーの側にいられるというのはさびしい――否、わがままを言ってはいけないのだ。誰にも気味悪がられるこの力を受け止めてくれるだけで、クリシュティナはユーリーに感謝しなくてはならないのだ。

「なにを言っている」

ユーリーは、言った。

「その話ではない。おまえが、罪人に花を贈ると言ったことだ。そのようなこと、私は考えもしなかった……そのようなことを考える人間がいると想像すらしたことはなかった」

彼の唇が、そっとクリシュティナの額に寄せられる。押しつけてくる優しいくちづけを受けて、クリシュティナは息をついた。

「おまえは、私の特別な女だ……私の心に痕を刻んだとは、そういうことだ」

「そんな、こと……」

「愛している、クリシュティナ」

彼の唇は額から鼻をすべりおり、クリシュティナの唇をとらえる。重ねるだけのくちづけをされて、クリシュティナの体はひくんと跳ねた。そんな彼女を抱きしめ、ユーリーはちゅ、ちゅ、と甘い音のするキスを繰り返す。

「ずっと、私の側にいてくれ……私だけの、妃でいてくれ……」

はい、とクリシュティナはうなずいた。抱きしめる腕の力が強くなる。その腕に縋り、クリシュティナはユーリーに愛されている実感を得た。

□

アロノフ皇国と、北の隣国タラソワは、国境を巡って争いが絶えない。

二国の戦いは、クリシュティナが生まれる前から続いている。生まれる直前にあったという『ジューの戦い』ではアロノフ皇国が惨敗した。

以来国境はヴェプリク山脈の南に置かれ、以前はアロノフ皇国のものだったヴェプリク山脈の恵みはすべてタラソワ王国のものとなっている。

「私の代で、ヴェプリク山脈を取り戻したい」

闇で、ユーリーはそのようなことを口にした。

「父上は、ヴェプリク山脈を手放したことを悔やんだまま、亡くなられた……その遺志を、私は継いでいる」

クリシュティナは気怠い思いとともにそれを聞いていた。ふたりともなにもまとっておらず、闇には濃く甘い匂いが漂っている。

掛布の中、身を返してユーリーは言った。

「タラソワでは、先日王が亡くなった。跡継ぎの王太子は、まだ十歳だ。優秀な宰相がついていて、またその母……王太后もなかなかの女傑だというが、しかしだからこそ、今が好機と見た」

「戦争に、なるのですね……」

クリシュティナがつぶやくと、ユーリーはなんでもないことのように「ああ」と言った。

「私の初陣も、十歳のときだった……当時はタラソワ王も血気盛んで、勝利には至らなかったが、ヴェプリク山脈の麓の、小さな湖を我が領地とすることに成功した」

「もしかして、それはそのときの傷……？」

クリシュティナは、手を伸ばす。ユーリーの肩口には矢傷があって、それは存外古いものと見受けられた。

「ああ、そうだ。よくわかったな」

傷痕を誇るように、ユーリーは音を立てて叩いた。もちろん、幼いころの傷など痛みはしないだろう。しかし傷を受けたときの痛みを思うと哀れで、クリシュティナは傷痕を何度も撫でた。

「戦には、幾度も出た。しかし、いまだタラソワ王国の思うがまま……ヴェプリク山脈さえ手もとに戻せば、黴びた穀物を横流しに使うような輩もいなくなるのだがな」

先日の、あの事件。結果十人の臣下の首が落とされた、シロフスカヤの賭場の事件。彼らの墓にクリシュティナは白い花を供えたが、人の命が奪われたことの悲しみは癒えない。

「あの事件も、ヴェプリク山脈が奪われたことと関係があるのですか」

「まぁ、そういうことになる。我が国に富が足りないとしたら、すべてはヴェプリク山脈……あの山々の恵みを、タラソワ王国に占拠されていることにある」

「取り返すのですか？」

クリシュティナがそう尋ねると、ユーリーは驚いた顔をした。

「なにをだ？」

「ヴェプリク山脈を、です」

その言葉に、ユーリーは笑い出した。クリシュティナは首を傾げる。

「あれが、どれだけの山か知っているのか？　ひと息に占領できるようなものではない。そうだな、仮に私が連戦連勝しても、死ぬまでかかるだろう」

「でも、特に恵みが多い場所とか……！」

笑われたことが恥ずかしくて、クリシュティナは声をあげた。

「特に重要な地とか。ユーリーも、調べはつけてあるのでしょう？　そこまで、まず……！」

勢いづいて、クリシュティナは言った。

「そう、わたし！　わたしを連れて行ってください！　わたしは、人の心が読めます。相手の布陣を読み……こちらに有利な陣形を敷くことだって……！」

ユーリーは笑うのをやめ、じっとクリシュティナを見た。彼の紫の瞳の前に、クリシュティナはたじろぐ。

「そうだな、おまえは軍事にも詳しかった」

クリシュティナが思わずうつむいてしまうようなことを言って、ユーリーは手を伸ばして抱きしめてくる。

「しかしおまえの力は、相手の顔を見なければならなかったのではないか？　敵将の顔が見えるほどの近くに、おまえを連れて行くわけにはゆかぬ」

「連れて行ってください……！」

ユーリーの腕の中で、クリシュティナは懇願する。

「初めてお目にかかったとき、わたしを遠征に連れてゆくとおっしゃっていたではないですか。わたしが軍事を勉強しているのを珍しがって」

「確かに、言ったな」

クリシュティナの髪を撫でながら、ユーリーは言った。

「しかし、最前線まで連れてゆけるわけがなかろう？　常識で考えろ」

ですが、とクリシュティナは言いつのった。

「わたしが役に立てるとすれば、それしかないのです。わたしがアロノフ皇国のために役に立つことが、ひいてはユーリーのためになると」

「そのようなことを考えているのか」

呆れたように、それでいてクリシュティナを労るようにユーリーは言った。

「しかし、だめだ。戦場は、女の出る幕ではない」

「女性の兵士だって、たくさんいるではありませんか！」

「あれは、幼いころから訓練を受けた特別な存在だ。クリシュティナ、おまえに剣がふるえるのか？　人を斬ることができるのか？」

ぞくり、とクリシュティナは震えた。もちろん、人を斬るどころか、剣を持ったこともない。幼いころこっそりと厨《くりや》に忍び込んだとき、うっかり触れてしまい指を傷つけた小さなナイフの切れ味を思い出してまた震えた。

「震えている」

クリシュティナを抱きしめるユーリーは、言った。

「話をするだけで、これほどに震えるのだ。そんなおまえを、連れてなどゆけない」

「ですが、ユーリーは行くのでしょう？」

声をあげたクリシュティナは、彼の胸の中に顔を埋める。

「戦争に……行ってしまうのでしょう？　わたしを置いて？　次も、肩の矢傷くらいで済むとは限らないわ！」

クリシュティナ、とユーリーがなだめる。しかしクリシュティナの興奮は収まらなかった。

「ユーリーがいなくなるなんて、いや！　そんなこと、絶対にいやなの……」

「なぜ、悪いほうにものごとを考えるのだ」

笑いながら、ユーリーは言う。

「生きて帰ってくるとも。矢傷も負わぬと約束しよう」

「でも、……、でも、……」

なぜか、いやな予感がする。その根拠がわからないから、はっきりなにゆえとは言えない。ただ漠然と、クリシュティナはユーリーを失う恐怖に脅えているのだ。

「どうして、私を信じない」

クリシュティナを抱いたまま、ユーリーは怒ったような声をあげた。クリシュティナはびくりとする。そんな彼女をあやすように、髪を撫でながらユーリーは言葉を続けた。

「おまえには不思議な力がある……それゆえに、危険を感じ取ることもできるのかもしれぬ。しかし、ヴェプリク山脈の奪還、その一歩は、我らの……私の悲願なんだよ。わかってくれ」

「わかります、わ」

今にも泣き出しそうな思いで、クリシュティナは言った。

「わたしとて、アロノフ皇国の国民ですもの……それを願わないわけではありませんわ。でも……その戦いに、ユーリーが向かうのは……」

「どうしても反対か」

彼の腕の中で、クリシュティナはうなずいた。

「しかし、私は皇帝……軍の指揮官だ。私が脅えてネズミのように隠れていては、軍の士気もあがらぬ。それは、おまえもわかるだろう？」

「では、時期をずらすのは」

「言っただろう。タラソワ王国は、王を失ったばかり……なにかと国内が荒れている今が、狙いどきなのだ」

どうあっても、ユーリーの考えを変えることはできないらしい。クリシュティナは唇を噛む。

「ああ、そのような顔をするな」

ユーリーは微笑み、クリシュティナにくちづけてくる。

「おまえには、いつも笑っていてほしいのだ……笑って、私を癒やしてほしい……」

キスは、長く続いた。クリシュティナも応え、彼の唇を啄むことに夢中になる。唇が離れると細く長い銀の糸が、ふたりを繋いだ。

「あ、……、ぅ、……」

クリシュティナは、微かな声を立てた。ユーリーの手はクリシュティナの乳房に触れ、その尖りを摘んだ。きゅっとひねられて、嬌声が洩れる。ユーリーは満足そうに笑いながら、再びクリシュティナの唇を求める。重ねられて、吸いあげられると背中にぞくぞくとするものが走って、もうなにも考えられない。

「つ、あ……、ああ、……、っ……！」

「いい声だ、クリシュティナ」

艶めいた声で、ユーリーは言った。

「もっと聴かせろ……、さっきよりも、いい声をだ」

「ああ、ん……、っ、……っ……」

その手はもうひとつの乳房を包み、ぎゅっと力を込める。すると乳房に感じる芯が通ったように、触れられていることが辛いような、それでいてもっと触れてほしいような感覚にとらわれる。

「やっ、……い、や……ぁ、……」

「いい、の間違いだろう？」

言いながら、彼はクリシュティナの乳房の柔らかさを愉しむように何度も揉んだ。そのたびに性感が大きくなっていって、クリシュティナの体の中の炎が激しく揺れる。その熱に浮かされるようにクリシュティナは声をあげ、そんな彼女にユーリーは満足げな息をついた。

「まったく、困った女だ……」

「つあ、あ……あ……っ、……！」

「これほど、……私を翻弄して」

ユーリーがなにを言っているのか、今のクリシュティナの頭では理解できない。ただその甘い声が聞こえ、脳裏を撫でていくのが心地よくて。クリシュティナの嬌声は高くなる。

「ひ、ぁ……、っ、……、っ……」

そんなクリシュティナの乳房を揉みしだき、中の芯をほぐすようにしながら、ユーリーは先端に唇を触れさせてくる。赤く染まった尖りをくわえ、きゅうと吸う。

ああ、とクリシュティナは感じる声を立てる。大きく身を反らせ、それをユーリーが抱きしめる。彼の腕の中にあってクリシュティナは満足の息を吐き、しかし疼く体はもっと刺激を求めていて、クリシュティナは体を揺らす。

「どうした？」

「や、ぁ……、っ、……！」

音を立てて乳首を吸って、離して。ユーリーは意地の悪い声でそう尋ねてくる。

「やぁ、……もっと、……もっと」

「もっとか……？　もっと、どうしてほしいんだ？」

「い、や……ぁ、あ……あ……！」

クリシュティナが身悶えするたびに揺れる乳房を、ユーリーは掴み、寄せてその柔らかい谷間に顔を埋めた。ちゅく、ちゅくときつく吸っては痕を残して、それがぴりぴりとした刺激になる。

「クリシュティナ、言わなくてはわからないぞ……？」

「やぁん、や……、ユーリー、意地悪……、っ……」

精いっぱいの声でそう言うと、ユーリーは笑った。愉しげな、クリシュティナの反応を悦んでいる笑いかただ。

「今に始まったことではなかろうが……？　ほら、言わなければずっとここをいじるばかりだぞ？」

「下……、っ、……ぁ、あ……」

「なんだ？　はっきりと言わねば、わからないぞ？」

なおも、くちづけの痕を残しながらユーリーは言う。

「私は、このままでもいいのだがな？　このまま、おまえの柔らかいここを……」

「ひぁ……、ああ、あ……、っ……！」

「ずっと舐めているだけでも、心地いい。ここだけで、おまえを達かせるのもいいな？」

「いや……、そんなの、いや……！」

クリシュティナの乳首は尖りきって、少しの刺激にも反応する。そこを唇で、歯で、舌で愛撫された。それはたまらない感覚で、ユーリーの言うとおりそこだけで達してしまいそうだ。

「ユーリーを……、ユーリーを、ください……ユーリーのが、欲しいの……」

「素直な、いい子だ」

ちゅくんと音を立てて彼は、クリシュティナの乳首にくちづける。それに大きく反応した体の下肢に手をすべらせて、ユーリーは片脚をあげさせた。ちゅくりと音がして、秘所が露わになった。蜜で濡れそぼっているそこを目に、ユーリーが微かに息を呑んだのがわかる。

「ここも、こんなに濡らして。もう、寝台まで濡れてしまっているな……」

「や……、言わないで……、っ……」

身を捩って逃げようとしたクリシュティナを、ユーリーが押しとどめる。下肢をしっかりと押さえつけられると、動けなくなってしまう。

「素直なおまえには、褒美をやろう。おまえが、求めているものをな……」

ユーリーは、乳房から脇腹に、腹部に、唇を這わせる。そのたびにクリシュティナの体は跳ね、ひくひくと秘所がうごめくのがわかる。そこは受け入れるものを求めてわないていて、しかしユーリーはなおも意地悪く、鼠径部にくちづけそっと芽をなぞるばかりだ。

「いや……、ユーリー、……ユーリーっ、……」

クリシュティナは、泣いて請うた。涙が目尻を伝い、流れていくのにすら感じるほど体は敏感になっているのに、ユーリーは茂みの中から密やかに顔を出す秘芽に舌を這わせてくるだけだ。

「ああ、あ……、っあ、あ……、あ」

形をなぞるようにユーリーは舌を動かした。下腹部が、どくりと震える。あまりにも敏感な部分を刺激されることで蜜はますます溢れ、ユーリーの言うとおり、すでに寝台を濡らしてしまっているだろう。

舌先で芽をくすぐられ、唇で挟んで吸いあげられる。すると体中が痙攣する快感があって、クリシュティナの全身がわななないた。

「だめ、そ……んな、ところ……、っ……」

「おまえの体で、知らない場所などないぞ？」

秘芽を舐めあげるユーリーは、舌をひらめかせてそう言った。

「おまえの芽も、花びらも蜜園も……後ろの孔も知っているというのに、今さらなにを恥ずかしがることがある」

「そういう、問題じゃ……」

クリシュティナは、ふるふると首を振った。涙のしずくが宙を舞う。きゅっと下肢を吸われて、嬌声があがる。

「ユーリーが、ほしいって……、言ったのに……、っ……」

「おまえを、もっと味わわせろ。まだ足りない……終わってしまうには、惜しい」

そう言ってユーリーは、クリシュティナの秘芽をくちゅくちゅと吸った。乳首以上に繊細に、敏感に刺激を感じ取るそこは、容赦ない愛撫に次々と蜜を垂らし、蜜は次第に白濁していく。

「だめだと言いながら、これほどに感じて」

その蜜をすくい取り、本当にそれが菓子を飾る蜜であるかのように美味そうにしゃぶるユーリーの声は掠れている。彼もまた性感を得て悦んでいることを感じ取って、クリシュティナの性感はますます鋭くなった。

「……こんな敏感な体を持っていて、苦しくはないのか？　私の愛撫に、これほどいちいち反応して」

「苦しい、わ……」

呻くように、クリシュティナは言った。

「だから、早く……、早く、ユーリーをちょうだい……」

「急くな、と言っただろうが」

クリシュティナを労る言葉をかけておきながら、なおも尖った部分を舐めあげる男は言った。

「ゆっくり、おまえを味わわせろ……もっともっと、深い場所まで、だ」

ユーリーは言って、ちゅくりと芽を吸う。その衝撃がずんと全身に伝わってきて、声を失いクリシュティナは喘いだ。体の芯が、熱く燃える。全身が引き攣る。つま先までがわななく。

「いぁ……、ッ、……、っ……、っ……」

絶頂の激しすぎる嵐の中で、クリシュティナは掠れた声をあげた。しかし声をあげればあげるほど感覚が鋭くなるような気がして、声を抑えようとしたけれど抑えきれない。

「つ、あ……、ああ、……、っ、……」

「はっ、……!」

ひく、ひく、と体を震わせるクリシュティナを抱いて、ユーリーは熱い息を洩らした。

「達ったか……？　感じたか？」

「は、い……、っ……」

荒い息とともに、クリシュティナはうなずく。そんな彼女に、下肢へのキスで応えたユーリーは、なおも尖りきった芽を舐める。

「も……、や、ぁ……、っ……」

「まだだ……まだ私が、満足していない」

秘芽をくわえ、吸い立てながらユーリーは言う。

「おまえを、もっと感じさせろ。私が触れたことのない部分も、全部だ」

「やっ、……、っあ、あ……、ああ、……！」

ユーリーの指が、花びらの狭間に入り込む。深い部分に触れられ、敏感な膚《はだ》を擦られてまた新たな声が洩れる。ぐちゅぐちゅという音があがって、それが耳についた。

「つあ、ん、な……とこ、ろ……っ……」

湯浴みのときだって、そんな深くまでは触れない——侍女もクリシュティナ自身も知らなかった場所を抉られて、クリシュティナの体には力が入る。すると秘所から新たな蜜が洩れ、それを舌を伸ばしたユーリーに舐め取られる。

「味が、違うな」

満足げに笑いながら、彼が言う。

「おまえが、本当に感じている証しだ。体の奥の、奥からな……」

「そ、んな……、ッ、……、っ……」

彼の指は、花びらを抉って小刻みにうごめく。ずちゅ、と音を立ててなぞられ、指を引いてはまた深くを擦られる。そのままユーリーの指は、蜜壷の入り口に辿りついた。

「な、か……、っ、を……」

内側が疼く。たまらない衝動にクリシュティナは腰を揺らし、するとユーリーの指の先端が、つぷりと入り込んでくる。

「あ、あ……、ああっ！」

「中を、だと？　この、淫乱が」

嘲笑うように言われるのさえも、快感だ。クリシュティナはふるりと身を震わせた。

「中を……どうしてほしい？」

「さ、わって……、ああ、触って……！」

下肢を捩ってそう言うクリシュティナには、秘所に触れる吐息が与えられた。それにさえ感じ、クリシュティナは裏返った嬌声をあげる。

「触れるだけでいいのか？　触れて……どうしてほしいんだ？」

「やっあ、あ……、ああ、あっ……」

しかし、吐息などでは足りなくて。クリシュティナはさらに奥を抉ってほしいと腰を突き出すものの、下肢は押さえられていて、自由な身動きができない。

「ああ、ユーリー、ユーリー、っ、……」

「なんだ、クリシュティナ」

彼の指は蜜園をくぐり抜け、触れられていないほうの花びらに移る。端をぺろりと舐められて、それだけでも背中を貫く快楽なのに、彼は端をきゅっと咬んできた。

「いぁ、あ……ああ、あ……、っ！」

咬まれた衝撃に、クリシュティナは身を揺らす。どろりと、また蜜が生まれる。秘所は深い愛撫を求めて震え、しとどに蜜を垂らすのに、ユーリーはそのようなことは目に入っていないとでもいうように焦れったい刺激を繰り返す。

「こうされて感じるのか？　なら、いくらでも咬んでやろう」

「いや、……っ、いや……、ぁ……」

きちゅ、きちゅ、と柔らかい肉を咬まれる。そのたびにクリシュティナの腰は跳ね、寝台がぎしぎしと音を立てた。その音さえもが快感を呼び、ユーリーに愛されているという実感に満たされる。

しかし今の彼は、クリシュティナを焦らすことに神経を注いでいるようだ。彼を受け入れて感じたいと願う内壁は疼いて彼を呼んでいるのに、ユーリーは焦らしてクリシュティナを追いつめる。

「つあ、ん、……、っ、……、っ、……」

それでいて、歯を立てられるのは思いのほかの快楽だった。疼く内壁の欲求を抑えながらその刺激を受けることにクリシュティナ自身意外な淫欲を覚え、彼の歯の感覚に溺れていく。

「や、ぁ……、だめ、……っ、……め……」

上掛けを握りしめて、クリシュティナは身を捩らせた。ユーリーの鋭い歯が、まるでクリシュティナを食べてしまうかのように食い込み、本当に食いちぎられてしまうのではないかという懸念が、クリシュティナの性感を高める。

「だめ……、も、……れ、じょ……、っ……」

クリシュティナは腰を引こうとした。しかしユーリーの手は、逃がさないというように下肢を抱え込んでしまう。抱きしめられて咽喉が鳴り、歯を立てられて大きく背が反った。

「だめ、だ……、め、……、っ、……」

もう、これ以上は。ユーリーの肩に手を置いて遠のけようとしても、しかし彼はクリシユティナの両脚の間に顔を埋め、さらなる刺激を与えてくる。

「だ、ぁ、……、めっ、……」

また咬まれ、同時に衝撃が全身を走る。つま先までが引き攣る感覚。舌の根が痺れ、声があげられない。全身に悪寒が走り、クリシュティナは何度も体を震わせた。

「また達ったか……」

ユーリーの、声が聞こえる。それを遠くに感じながら、クリシュティナは歯の根が合わない。まるで寒さの中にいるように震えている。しかし頬は紅潮し体は熱く、駆け巡る血はさらに温度をあげていた。

「い、や……？」

そっと、掠れた声でクリシュティナは尋ねた。

「咬まれて、達く……わたしは、いや……？」

「いや」

そう言うと、ユーリーは体を起こす。

「かわいいよ。おまえは、とてもかわいい……」

その唇が、キスを落としてくる。クリシュティナの蜜を舐めた唇からは奇妙な味がしたけれど、その味もまた新たな欲情をそそった。

「ん、……、っ、……」

押しつけられるだけの甘いキスに溺れていたクリシュティナは、下半身を抱えあげられる。くちづけられているせいで下半身は見えないけれど、求めていた熱い淫杭が押しつけられ、咬まれたせいで腫れてより敏感になった秘所は、愛しい男の欲望を感じてぴくんと反応した。

「あ、……、っ、……、ん、……、」

「なんだ？」

唇を重ねたまま、ユーリーが言葉を紡ぐ。それにもまた感じさせられ、クリシュティナは背を震わせた。

「また、いやだと言うか……？　私を拒むのか？」

「ちが……、っ、……、っ……」

違う、との声は、彼の唇に吸い取られる。ちゅく、ちゅくと音を立てて吸われながら、下肢に入り込んでくる肉塊が——その、指とは比べものにならない大きさに息をつき、じゅくりと蜜園をかきわけられる快楽に酔う。

「いぁ、……、っ、……、っ……」

まるで変わらず焦らすように、ユーリーはクリシュティナをゆっくり、ゆっくりとこじ開けた。そこは待っていたとばかりにユーリーに絡みつき、彼は低く声をあげる。

「つ、ん……ん、ん……、っ、……、っ……」

「……ん、ッ……」

腫れたあとを辿るようにユーリーは突きあげてきて、クリシュティナをよがらせる。媚肉は悦んで彼自身に絡みつき、もっと奥へといざなう。ユーリーは腰を使って、彼女の内壁を擦り立てた。

「ふぁ、あ……ああ、あ……、っ、……」

ふたりの声が、絡み合う。ユーリーは手を伸ばしてクリシュティナのそれを掴み、指を絡めてくる。そこでも彼と繋がることができて、クリシュティナは愉悦に身を震わせた。

「つ、……、っ……」

「ああ、あ……、っ、……ああ、あ!」

蜜洞の中ほどを擦られ、クリシュティナは下肢を跳ねさせる。そんな彼女の反応を悦ぶように、ユーリーはいったん引き抜き、再び腰を突きあげてきた。

「ふぁ……、っ、……、あ、あ……!」

「締めつけてくるな……」

満足そうに、ユーリーは息を吐く。

「ここが、おまえが悦んでいる。もっと、私をほしいとねだっている……」

「ほ、し……、っ、……」

クリシュティナは、声を嗄らした。

「欲しい、の……、ユーリーの、もっと……！」

「愛いやつ」

心を読むまでもなく、ユーリーは乱れた声でそう言った。

「いつも、そうやって素直に……私を求めていろ。私だけを求めていろ」

「わた、しは……、いつだって、素直……」

はぁ、と息をつきながら、クリシュティナは喘ぐ。

「いつだって……、あなたを、求めているわ……」

クリシュティナの言葉の端は、ユーリーの唇に吸い取られた。唇を押しつけられ、息もできないほどのくちづけを浴びせられ、クリシュティナの体の温度はあがる。

「あ、あ……、ああ、っ、……！」

感じやすい神経を奥に隠した襞が、拡げられる。ユーリーの陽根でそれを擦られ、全身に雷のような痙攣が走る。全身をひくつかせるクリシュティナを押さえ込んで、ユーリーはなおも突きあげを深くしてきた。

「やぁ、あ……、っ、……、っ……」

ユーリーの力の前では、クリシュティナは逃げることなどできない。その不自由さと、彼の重みを感じる甘さに、彼女は酔った。

「ん、や、……、っ、……、っ、……」

クリシュティナ、と彼は掠れた声で呼んだ。名を呼ばれて反応し、重なった唇の間から彼の口腔を目指して舌をすべり込ませる。

「あ、ふ……、っ、……、っ……」

「ん、っ……」

ユーリーの舌がそれに応え、ふたりの舌は絡まり合った。下肢と手と、舌でも繋がったふたりは、さらに繋がりを深くして、快楽の波の中に溺れていく。

「ふぁ、あ……、ぁ、あ……、っ……」

クリシュティナの秘所を犯すユーリーは内壁を擦りあげながら、最奥にまで至る。ずん、と突きあげられてさらなる声があがり、それを悦ぶように、ユーリーはさらに奥を突いてきた。

「ひぅ、……、っ、……ん、ん、……、んっ、……」

その衝撃はたまらない刺激を呼び起こし、クリシュティナは大きく背を反らせる。そんな彼女の体を抱きしめ、くちづけたままユーリーは二度、三度と深いところを抉ってくる。

「い、ぁ……、ッ、……、っ、っ……」

クリシュティナの体は、もう限界だ。はくはくと吐く息もユーリーに吸い取られ、呼吸も満足にできない。頭がくらくらとするけれど、その感覚も心地いい。

「……っ、あ……、っ……、ユー、リ……、っ、……」

「クリシュ、ティナ」

乱れた呼気で名を呼ばれ、それにもまたどきどきさせられる。ユーリーは左手を、クリシュティナの鼓動を打つほうの胸に置いた。彼が少し微笑んだと思った。クリシュティナの胸がどきどきしているのを、感じ取ったのかもしれない。

「……達くぞ」

彼は低く言って、ずんと腰を突きあげる。クリシュティナは嬌声をあげて体を震わせる。そうやって何度も突かれているとだんだんと自分の感覚も危うくなり、全身が引き攣り快楽だけの沼に突き落とされたように感じる。

「やぁ……、っ……、っ、……ぁあ」

じゅくりと引き抜かれ、また突き立てられた。そして最奥で弾けた熱いものに、クリシュティナは指先までを痙攣させながら達した。

「おまえも……、達ったか……？」

ユーリーは、クリシュティナの体に締めあげられる快楽に酔っているようだ。ずん、ずんと突く下肢の動きは激しく、なおもクリシュティナを攻め立てる。

「ひ……、いっ、……、っ、あ……」

もうこれ以上、と思うものの、痺れた体と塞がれた口では、それを訴えることもできない。クリシュティナは身を捩り、しかしユーリーに押さえつけられて動けなくなってしまう。

「達ったようだな……、たっぷりと、私の子種を呑むといい……」

「いぁ、あ……っ、……、っ……」

腹を押さえれば、ユーリーの放ったものの熱を感じることができそうだ。そんな感覚の中にあって、クリシュティナはひどい眩暈《めまい》のような世界に堕ちていく。

「クリシュティナ？」

ああ、ユーリー。わたしは大丈夫よ——そう言いたいけれど言葉にならず、クリシュティナは目を閉じ、白い渦の中に巻き込まれていった。

クリシュティナを見たユーリーは、さぞ驚いただろう。無理もない、わがままを言う妃は、城に置いてきたはずなのに。目の前に、鎧をまとって立っているのだ。

「クリシュティナ……いったいなぜ、ここに」

「申しあげたでしょう？　わたしは、あなたのお役に立つと」

決意を固めたクリシュティナの意志を邪魔できる者は、誰もいない。そのことを示すように、クリシュティナは鞘に収まった剣を、その場に突き立てた。

「最前線など……危険だと言っただろうが！」

「申し訳ございません、陛下」

頭を下げたのは、クリシュティナのかたわらの黒髪の男だ。彼を見て、ユーリーは苦い顔をした。

「ラヴロフ、おまえがついていながら、なぜ連れてきたのだ！」

「しかし、陛下」

胸に手を当て、ひざまずいて言うラヴロフも、鎧をまとっている。

「私の指示がないのに、なんということを。おまえたち、処分は覚悟しているのだろうな？」

「陛下。クリシュティナ妃におかれましては、この膠着状態を脱却する案がおありとか」

「おまえがついていながら、なんというていたらく！」

ユーリーは、噛みしめた奥歯を鳴らしながらクリシュティナを睨む。

「おまえの仕事は妃を止めることで、こうやって連れてくることではない」

「ですが陛下、最前線は膠着していると、書簡にありました」

ラヴロフは、ユーリーを苛立たせるような落ち着いた調子で、言葉を続ける。

「そこで、クリシュティナ妃がおっしゃられたのです。自ら赴いて、陛下に案を差し上げると」

『書簡など送るのではなかった』。ユーリーの後悔の心が聞こえてきた。しかし状況報告をしないわけにはいかない。クリシュティナは、きゅっと唇を噛みしめてユーリーの前に立っている。

「わたしを、敵将の顔が見えるところまで連れて行ってください」

祈るような思いで、クリシュティナは言った。

「わたしの力があれば、この状況も打開できます。どうぞ、お願い……ユーリー」

「危険だぞ」

言い聞かせるように、ユーリーは言った。

「どこから、伏兵が現れるかしれない。どこから、兵馬が駆け寄ってくるかしれない……だが私は、おまえを守ってやれない。皇帝が死ぬわけにはいかないからな」

「わかっております」

手にした剣を、力を込めて握りながらクリシュティナは言った。

「ユーリーに……陛下に、お手間は取らせません。ただひと目、敵将を見れば……」

なおも唸っていたユーリーだったけれど、ため息をついて諦めたようにうなずいた。クリシュティナの手を取り、引き寄せる。

「きゃっ」

「まったく、この頭はなにを考えるのか……」

鎧越しにクリシュティナを抱きしめながら、ユーリーは呻く。

「あれほど、おまえには向かぬ場所だと言ったのに。ラヴロフを丸め込んだか」

「丸め込んだなんて……」

しかしユーリーの言うことは、当たらずとも遠からずだった。クリシュティナは意図してラヴロフの心を読み、言うことを先回りして言葉を紡いだ。ラヴロフが断れないように仕向けた。

「どうぞ、わたしを……敵将のもとへ。一刻も早く、この状況を……」

「ああ、おまえの思いは、よくわかった」

ユーリーは、うなずく。クリシュティナを抱きしめたまま、その頭を撫でる。

「ここまで来たものを、追い返そうとは思わん」

「ユーリー……」

「来た以上は、役に立ってもらうぞ。おまえの力があれば、助かるのは事実だからな」

「はいっ！」

改めて剣を握りしめ、クリシュティナは声をあげた。そんな彼女を抱きしめたまま、ユーリーはまわりを見まわす。

「馬を引け！　一番おとなしくて重量に耐える馬……ルスタンがいい！」

かしこまりました、と近侍が言う。引いてこられたのは、大きな黒馬だった。その大きさにクリシュティナは怯んだものの、目は柔和で穏やかな印象を受けた。

「ルスタンなら、鎧のふたりを乗せても崩れることはない……おまえ、馬に乗ったことはあるな？」

「ここまで、なにで来たとお思いです？　わたしだって、無策ではありませんのよ」

「違いない」

ユーリーはにやりと笑うと、クリシュティナを抱きかかえて鞍をまたぐ。思わず声をあげて彼に抱きつき、するとユーリーは笑みを濃くした。

「確かに、我が妃はただ勢いだけでここまで来たわけではないらしい」

馬に声をかけ、次第にその足取りが速くなるのを感じながら、クリシュティナはユーリーを見あげた。

「なんとも愛いことよ……、私の身を案じて、このような場所にまでやってくるとは」

「あなたの身だけを案じたわけではありませんわ」

あまりにユーリーが嬉しそうに言うので、ついそんなふうに返してしまう。ユーリーは、なおも笑んでいる。

「わたしの力が、皆の……ひいては、アロノフ皇国の役に立てればいいと思っただけ……わたしも、アロノフ皇国の国民ですから」

「賢明なるかな、我が妃よ」

愉快そうにそう言って、ユーリーは声を立てて笑う。

「ものの言いかたも、心得ている。この作戦がうまく進めば、わたしはおまえを皇后にと、考えている」

「え、……、つ、……」

しかしクリシュティナの言葉は、ユーリーの『静かにしろ』との心の声に封じられた。

彼の視線の先を見て、クリシュティナはごくりと息を呑む。

彼方、見渡した先にあるのは天幕だった。まわりにはたくさんの鎧姿があって、まわりを警戒していることが一目瞭然だ。

(あれが、敵の本拠地だ)

ユーリーが、心の中でそう言った。それを読み取って、クリシュティナはうなずく。

(手薄に見えるが、なかなかどうして……王子は幼いけれど、宰相は一流の腕)

クリシュティナは、目を凝らした。どれがその宰相なのか。しかし天幕は遠く、顔を判別するのは難しい。

(敵将は、褐色の髪……背の高い細い男だ。一見武人には見えないが、そこが不気味な男だ)

将たる者、天幕の外に出ているだろうか。中で戦略を練っているのではないだろうか。

クリシュティナはますます目を凝らし、見えるはずのない天幕の中をも見通そうとした。

「は、っ……、……」

集中は、クリシュティナの気力を奪っていく。しかし今力を使わず、いつ使うというのか。これこそが、クリシュティナの存在する意義なのだ。

こめかみから、脂汗がしたたる。心を読む力を解放しているので、ユーリーを含めたすべての人間の考えが流れ込んできて処理が追いつかないのだ。

「はぁ、……、っ……」

（大丈夫か、クリシュティナ）

ユーリーの労りの言葉には軽くうなずいて応え、なおもクリシュティナは目を凝らす。流れ込んでくる声を整理する。

将らしい男は目に入らない。しかし将ひとりで策を練るわけはない。誰か、将に近い者の考えが読めれば、それで充分なのだ。

しかし聞こえる声は、雑多な内容ばかり。こちらに有利になりそうな情報は入ってこない。クリシュティナの体力も限界だ。このような方法など、無理なのか。ユーリーの役に立つことはできないのか。

クリシュティナが半ば諦めかけた、そのとき。

「……あ！」

ひとりの男の心が、脳裏に流れ込んできた。あれが将か、それとも側近か。その心にある光景が、勢いよくクリシュティナの頭の中に広がった。

「……ユーリー」

静かに呼びかけると、彼が耳を澄ませたのがわかった。

「タラソワ王国軍の陣形は、雁行陣《がんこう》……右翼を前に進めて、左翼に後退する陣形」

呻くように、クリシュティナは言った。

「それだけわかれば上等だ！」

ユーリーは、馬の手綱を引いた。馬は静かに、しかし勢いをつけて自陣に戻る。やがて見えてきたアロノフ皇国の最前線では、ラヴロフが心配そうな顔をして立っていた。

「妃殿下……お顔の色が悪くていらっしゃいます」

「大丈夫よ……それよりも、ラヴロフたちはユーリーを……陛下をお助けしてあげて」

言うなり、クリシュティナはユーリーの腕の中に倒れ込んでしまった。彼の心配する心が伝わってくる。それを甘く感じながら、クリシュティナは引き寄せられるような眠りの中に落ちていった。


目覚めると、あたりは真っ暗だった。

反射的にクリシュティナは、侍女頭の名を呼ぶ。しかし返事はない。なにかごわごわしたものに全身を包まれている。クリシュティナは自分の胸に手を置き、己が鎧をまとっていること、ここが慣れた寝室ではないことに気がついた。

「あ、……」

自分は最前線に乗り込んだのだ。情けなくも力を使いすぎて気絶したようだけれど、戦況は今、どうなっているのだろうか。

「ユーリー……」

そっとささやくと、もの音がした。誰かが入ってきたのだ。とっさにそちらを見ると、それはラヴロフだった。

「お気がつかれましたか」

「ラヴロフ……」

「陛下を含めた、討伐隊が敵陣地に向かってから、一刻ほど経ちました。まだ先鋒は戻ってきておりませんが……」

「ラヴロフ、手を貸して」

クリシュティナは、力を使いすぎたせいか微かに震えている腕を伸ばした。

「下りるわ……ユーリーが戻ってくるなら、お迎えしないと」

「ですが、まだお疲れは取れていないのでは」

「構わないわ……ユーリーは、もっと大変なことをしているのだから」

ラヴロフの手を借りて、寝かされていた簡易な寝台から下りる。

「あ、……、っ……」

「ああ、クリシュティナさま！」

クリシュティナはラヴロフの腕の中に倒れ込みそうになってしまった。懸命に自分の足で立とうとするクリシュティナを、ラヴロフは抱きしめてきた。

「なに……、ラヴロフ？」

「あなたは、どうして無理をしようとなさるのです」

クリシュティナを抱きしめて、ラヴロフは言う。

「王妃自ら、乗り込むことなどないというのに。このように、ご無理をされて……」

「ラヴロフ、なにを言ってるの……？」

彼の腕をほどこうとした。しかしいかに細身でも、男は男だ。クリシュティナはがっしりと抱きとめられてしまって、身動きができない。

「そんなあなたが、痛々しい……私もなにか力になれないか、考えてしまうのですよ」

(愛……？)

流れ込んできたラヴロフの心に、思わず彼を突き放す。突き飛ばされたラヴロフは、その程度では動じないとでもいうように、薄く笑ってクリシュティナを見ている。

（なに……なんなの……？）

ラヴロフの心を読もうとした。しかし流れ込んでくるのは甘やかな想いばかりで、クリシュティナは戸惑う。

「わたし、は……、ユーリーの、妃だわ」

「ええ、そうですね」

なにを、というようにラヴロフは答えた。

「あなたの気持ちには、応えられない」

「それは、もとより承知」

そう言って、ラヴロフはくつくつと笑った。彼は、伝わってきたあの想い以上のなにものかを腹の底に飼っている――そう感じたものの、しかしそれがなにかはクリシュティナには読み取れない。

（わたしが……心を読めない者がいるなんて）

ラヴロフとは、ここにやってくるまでずっと一緒だったのだ。顔もよく知っている。それなのにクリシュティナが心を読めないなどということはないはずなのに。

（なに……なにを、考えているの？）

クリシュティナは戸惑った。ラヴロフが手を伸ばしてきて、彼の腕に再び閉じ込められかけたとき。

「あ、……、っ……！」

馬の足音が、たくさん聞こえてくる。ユーリーの帰還だと、クリシュティナはとっさに外に飛び出した。

表は、真っ暗だった。クリシュティナの足は反射的に止まり、しかし兵たちの「お帰りなさいませ！」の声、そしてそれに応えるユーリーの声に、再び駆け出した。

「ユーリー！」

「おお、クリシュティナ」

馬から下りたのは、ユーリーだった。次々と灯りがつけられる。その中、浮かびあがった姿にクリシュティナは縋りついた。

「ご無事で……！」

「ああ、このとおり、私は無事だ」

また矢傷を受けるのではないかと懸念していたことを覚えていたのだろう、ユーリーはクリシュティナを受け止め、頭を撫でてくれる。血の匂いがしたけれど、ユーリーの血ではないようだ。

「聞け、クリシュティナ。おまえの言うとおり、方陣を取った。案の定、タラソワ王国側は雁行陣だった。言うまでもなくこちらの陣営が有利、戦いの先手を取れ、ヴェプリク山脈の一部、ブルブリス山を占領することに成功した！」

わぁ、と歓声があがる。戦いに参加した者も、留守居だった者たちも手を取り合って喜んでいる。

「そこは、実りの多い土地ですの……？」

「そうだな、鉱山だ。銅が採れる。おまえの考えているような実りではないが、我が国に利をもたらすことには違いない」

「それは……、ようございました……」

ユーリーは笑って、クリシュティナを抱きあげた。彼の腕の中で、クリシュティナはきゃあと声をあげる。

「私は、おまえを皇后にするぞ！」

クリシュティナだけではない、その場にある者すべてに宣言するようにユーリーは叫んだ。

「これほどの働きをした女を、妃のまま置いておくわけにはいかない！　皇后に、私の唯一の妃とし、後宮は解散する！」

「で、ですが、わたしはまだユーリー……陛下の、お子を身籠もっておりません！」

慌てたクリシュティナは、掠れた声をあげた。

「お子がないのに、皇后になどなれましょうか……」

「時間の問題だ、そのようなことは」

笑って、ユーリーはクリシュティナを振りまわす。声を立てて、クリシュティナはユーリーに抱きついた。

「それに、もう身籠もっているかもしれないぞ？　医師に診せて、確かめようか？」

「そ、それくらいのことは、自分でわかります！」

必死にユーリーの腕から逃げようとしながら、クリシュティナは言った。

「医師など必要ありません……お願いだから、やめて。ユーリー」

「なんだ、せっかくの戦勝だぞ？　水を差すつもりか」

「そういうわけではありません、ただ……」

クリシュティナは、ただの貧乏貴族の娘だ。両親のたっての願いで後宮に入ったものの、皇帝の訪れなど期待できない身分だった。それが不思議な縁で皇帝と結ばれ、ここにこうしている。

「きっと、皆さま反対されます……無茶を言わないで、ユーリー」

「私がそう決めたのだ、反対などさせない」

「いいえ、わたしはあなたのお役に立てただけで充分なのです。畏れ多い身分にのぼることなど、考えていません……」

「おまえの考えは、聞いていない」

目をすがめたユーリーは、いつもどおりの態度でそう言う。

「私が決めることだ……おまえは、アロノフ皇国の皇后だ。誰にも、否は言わせない」

「でも、ユーリー……！」

クリシュティナの言葉は、くちづけに塞がれた。まわりの兵士たちは、冷やかすような急き立てるような声をあげ、皇帝夫妻を祝っている。

「ユーリー、っ……」

「ほら、私のかわいい兵たちも祝ってくれているのだ。素直に祝辞を受けておけ」

「でも、でも……、っ……」

ユーリーは声をあげて笑い、クリシュティナをさらに抱きあげて肩に乗せてしまった。不安定さとユーリーの力に驚いてクリシュティナが悲鳴をあげると、まわりは皆笑った。

(いいのかしら、このようなことで……)

クリシュティナが皇后となることへの反対など、目に見えていた。人の心を読むことができるから、だからこのたびの貢献ができた、などと言っても信じる者はあるまい。仮に信じても、だから皇后にふさわしいと考える者もいないだろう。

(でも、……今は)

一部とはいえ、領土を取り返した戦いの終わりを告げる盃が並べられる。強い酒の匂いを感じたクリシュティナは、これ以上逆らって空気を悪くするのもよくないと、この場では受け入れたふりをした。

「嬉しいわ、ユーリー」

そうささやいて、彼に抱きついた。

「あなたが、そう言ってくれるのが嬉しいの。わたしを、唯一の妃にだなんて……本当に、嬉しい」

「以前から言っていたではないか」

不服そうに、ユーリーは言った。

「おまえのような女を知らぬ、おまえは私の皇后にする、と」

「皇后なんて、聞いたのは初めてですわ」

「そのようなはずはない」

戦勝祝いの座を囲みながら、ユーリーはなおも不満足であるようだ。

「いずれにしても、おまえは私のただひとりの女……どのような反対があろうと、私は私の意志を貫く」

そのことが、思わぬ事態を生まなければいいのだけれど。クリシュティナは微笑みながらも、見えぬ未来を懸念していた。

□

ほぅ、とクリシュティナはため息をついた。

大理石でできた、池のほとり。水にはたくさんの蓮が浮いていて、花をつけているものも少なくない。そのひとつを摘み取りながら、クリシュティナはまたため息をつく。

(皆に反対されて当然なのに……ユーリーは、後宮解散までしてしまって)

クリシュティナが懸念するまでもなく、諸臣たちはたいした身分も財もない彼女の皇后擁立を反対した。

しかしユーリーは彼らの言葉を無視してクリシュティナを皇后に据え、そのうえ後宮は解散してしまった。実家に戻る者あり、宮廷の女官として残る者あり、しかしいずれもクリシュティナを恨んでいないとは言えないだろう。

さすがに、皇后の茶にネズミを入れたりする者はいない。そういう意味ではユーリーに守られているわけだけれど、しかし『皇后』として過ごすことは常に緊張が伴い、クリシュテイナには心安まる暇がない。ドムラをかき鳴らす時間もなく、わずかな隙を縫って、こうやって人工の池のほとりに座っている。

「皇后陛下、接見のお時間です」

そう言ってきたのは、褐色の髪の侍女だ。クリシュテイナがいち妃だったころから仕えてくれているこのレーラという侍女は、今は皇后づきの女官として働いている。

「わかったわ」

蓮の花に別れを告げて、クリシュテイナは立ちあがる。今から、今日何度目かになる着替えをして諸臣たちと会わなくてはいけない。話す内容はご機嫌伺いのようなものだけれど、彼らの心から溢れる「皇后にふさわしくない女」という思いをやり過ごさなくてはいけないのは苦痛だ。

「クリシュテイナさま、お加減がよろしくないのでは？」

「え？　いいえ、体は大丈夫よ？」

レーラの言葉に、驚いてクリシュテイナは言った。しかしレーラは難しい顔をしてクリシュテイナを見ている。

「大丈夫には思えませんわ。お顔色は悪いですし……毎日のお疲れがたまっているのではありませんか？」

「大丈夫よ、レーラ」

にっこりと微笑んで、クリシュティナは答えた。

「まったく疲れていないとは言わないけれど……わたしは、皇后ですもの。ユーリーに恥ずかしくないように、務めなくてはいけないわ」

「そうやって、ご自分を追いつめているのではないかと心配なのです」

着替えのための部屋に入りながら、レーラは憤慨した顔をした。

「責任感がおありなのは立派なことですわ。ですが、万が一御身になにかあれば、それこそ皇帝陛下にご迷惑をおかけすることになるのでは？」

「でも、接見は皇后の義務。逃れられないわ……」

レーラが、ドレスのリボンをほどく。閨では、このたくさんのリボンが邪魔だと怒るユーリーは、このところ朝議のときに顔を見るだけだ。話をすることもできず、ただ隣に座っているだけでは「会った」とは言えないだろう。

「義務、義務、義務！」

器用にクリシュティナからドレスを脱がせながら、レーラはため息をついた。

「ここではドムラを演奏されることも許されませんし、あれもだめ、これもだめ、と、禁止事項ばかり。皇后というのは、不自由な立場だったのですわね」

そんな皇后に仕えるレーラも、また窮屈だということらしい。

「あなたは、わたしにつきあってくれることはないのよ」

現れたほかの侍女たちとともに、着替えをさせてくれるレーラに、クリシュティナは言った。

「ここから出たいのなら、そう手を打ちましょう。どこかお嫁に行きたい先があるのなら、皇后権限で許可します」

「そんな、お嫁なんて……」

レーラは、かっと頬を赤らめた。しかし彼女はただ照れただけで、恋人があるわけではないらしい。

「わたしは、クリシュティナさま……皇后陛下にお仕えすることに集中したいのです。それ以外のことは、考えていませんわ」

「それは嬉しいことだけれど、無理はしなくていいのよ。わたしは皇后であることからは離れられないけれど、あなたはそうではないのだから」

コルセットを締め直された。きゅうう、と紐を引っ張られる。苦しいけれど毎日のことで慣れているはずの行為が、今日はなぜか特段に苦しい。

「もうちょっと……コルセットを、緩めて……」

「そういうわけにはまいりません」

金色の髪の侍女が、そう言った。

「今からは、大臣のかたがたとの接見。少しでも隙を見せて、侮られるようなことがあってはなりません」

「でも、苦しくて……」

そう言った拍子に、ふいと足もとが崩れたような気がした。あ、と思う間もなくクリシュティナは床に倒れ伏してしまい、体を起こすことができない。

「きゃぁぁ、皇后陛下！」

「皇后陛下、お気をしっかり！」

しかしクリシュティナは、立ちあがることができなかった。床に伏せたまま、意識が遠のいていく。

(コルセットが……苦しかったから)

薄れていく意識の中クリシュティナは、そう考えた。

(いつになく苦しかったからだわ……きっと、強く締められすぎたから)

臣下たちに会うのは、それほどに緊張を呼ぶことなのだ。その重圧を思いながら、クリシュティナは目を閉じた。

侍医によって「過労」と診断されたクリシュティナは、ベッドの中で時間を過ごすことになった。

コルセットからも解放され、朝議や謁見などもしばらく休むように言われたことはありがたかったけれど、一時的にとはいえ責務から逃れることは、ユーリーに負担をかけるのではないかと心配になる。

「そんな心配をなさっていると、治るものも治りませんわ」

薬を水に溶いてくれながら、レーラは言った。

「お医者さまが、横になっているようにとおっしゃったのですもの。おやすみのときにまで、そのようなことを懸念してらしては治りませんことよ？」

「そう、ね……」

ため息をつきながら、クリシュティナは表を見やる。体を起こしてベッドに座っていると、庭の光景がよく見える。今は、夏から冬に向かう短くも心地いい季節。冬の長いこの国では、いったん冬になってしまうと雪が半年は解けない。

「せっかく、このいい季節なのですもの。せいぜいお外でもご覧になって、ゆっくりなさってくださいませ」

『だから、無理はしないようにと申しあげたのに』

レーラの胸の奥に隠した心に苦笑しながら、クリシュティナは屋外を見やった。夏の暑さを乗り越えた木々の葉が揺れている。枝に止まっている小鳥が鳴いている。のどかな光景に、また息をついた。

「あら……？」

「どなたか、おいでになったのでしょうか？」

レーラが立ちあがり、部屋の入り口に歩いていく。扉の向こうから、きゃあと悲鳴が聞こえてクリシュティナは驚いた。

「な、なんなの？」

姿を現したのは、ユーリーだった。軽い服装をしたユーリーだけなら、クリシュティナも驚かなかったのに。しかしその手にしているものを目にしたクリシュティナは、ベッドに横になっていなかったら倒れていたかもしれない。

「クリシュティナ、具合が悪いと聞いたぞ」

「は、い……、わざわざ、お越しいただいて……」

ユーリーは、一匹の蛇を手にしていた。彼の後ろにはラヴロフがいて、困惑の表情とともに皿を捧げ持っている。

「あの……、なんですの、その……蛇は」

クリシュティナの問いに、ユーリーは得意げな顔をした。

「この蛇の生き血は、過労に効くのだ。生きがよければよいほど、効果があるからな」

「そ、んな……。毒は、ないのですか」

「毒はない蛇だ。そうでなければ、私とて素手では扱えぬ」

そう言って、ユーリーは懐から短剣を出した。生きて暴れている蛇の腹部に短剣を突き刺すと、ざくりと縦に裂く。血が溢れ出し、それをラヴロフが皿で受けた。まわりで、侍女たちが悲鳴をあげる。

「さぁ、飲め」

「……え」

血だらけの手で、ユーリーは皿を差し出してきた。それを受け取るのをクリシュティナは戸惑い、ためらう手に皿が押しつけられる。

「いえ、あの……、このままでは……」

「ならば、口移しがいいか？」

「そ、れは……」

ユーリーは、頬に血が飛び散った顔でにやりと笑う。その様子があまりにも不気味で、クリシュティナは声をあげてベッドの中に倒れ伏してしまった。


ユーリーの持ってきてくれた蛇の生き血は、結局口にはしなかった。

クリシュティナが気絶してしまったのに、さすがのユーリーも意気消沈したらしい。レーラに回復するまでは立ち入り禁止を告げられ、とぼとぼと帰っていったそうだ。

「生きた蛇を持ち込むなんて、どうかしていらっしゃいますわ！」

憤慨しているレーラは、手もとの器に入った薬をかきまわしている。

「そりゃ、生き血が効くというのは、わたしも祖母に聞いたことがありますけれど。それにしても、実行するかたがいらっしゃるとは思いませんでしたわ」

薬は、無色透明だ。飲みやすいようにと薔薇の香りがつけてあって、それがほんのりと部屋の中に漂っている。

「こうやって、薔薇の香りをつけるなんてロマンチックなこともお考えになれるのに、どうして生きた蛇なんでしょう」

薬が苦いと、愚痴を言うでもなくぽろりと洩らしたところ、薔薇の花の香油を混ぜろと医師に命じたのはユーリーだった。苦みは完全に消えたとはいえなかったけれど、ずいぶん飲みやすくなったのは確かだ。

「あのかたは、不思議なかただわ」

レーラから薬の入った碗を受け取りながら、クリシュティナは息をついた。

「豪胆なところがおありになるかと思うと、繊細な心遣いも見せてくださる。こんな……倒れてしまって朝議に顔も出せないわたしに、薬の指示まで。頭が下がるわ」

「それはなによりも、陛下がクリシュティナさまを愛していらっしゃる証しではありませんか！」

そのことを誇るように、レーラは胸を張った。

「後宮を解散し、失礼ながら身分の壁を越えて皇后になさったのですもの。愛していらっしゃるのも当然だし、お気を使われるのも当然ですわ！」

自分の主人が、皇帝の寵愛を受けていることが嬉しいのだろう。レーラの声は弾んでいる。頬を紅潮させた彼女を微笑ましく見つめながら、クリシュティナは口に碗をやる。

「……ん……？」

ひと口飲んで、違和感を持った。

「どうなさったのですか？」

「味が……違うわ」

ひと口は、飲み込んでしまった。しかしそれ以上を飲まないように、クリシュティナは碗を遠ざける。

「薔薇のエキスのせいじゃありませんこと？　それで、味が変わったとか」

「いいえ。前飲んだときは、こんな味はしなかったもの。なにか……違う。もっと、なにか別のものが……」

「クリシュティナさま!?」

半身を起こしていたベッドに、倒れ伏してしまった。咽喉が焼けるようだ。その衝撃は迫りあがって、クリシュティナは飲んだ薬を吐いた。

「クリシュティナさま、クリシュティナさま！」

大丈夫よ、と言おうとした。しかし声が出ない。体の中が焼けるような、耐えがたい苦しみが全身を襲う。クリシュティナはベッドの上でのたうった。そんなクリシュティナを呼ぶレーラの声が聞こえる。

「誰か！　クリシュティナさまが！　クリシュティナさまが!!」

苦しみの中、意識が黒く塗り潰されていく。呻きながらクリシュティナは、自分を手放した。

第五章　懸想された皇后

皇后が毒を盛られたという事件は、瞬く間に宮廷中に広がった。

症状は軽く、命に別状はないらしい。しかし皇帝は激怒し、宮中の者は台所の下働きに至るまで、調べを受けている。

「陛下は、大変なお怒りようでいらっしゃいますの」

まだ過労の後遺症と毒の影響で起きあがることのできないクリシュティナの枕もとで、そんな彼女を心配そうに見つめながらレーラが言った。

「もちろん、薬を混ぜたわたしもさんざん取り調べを受けました。あたりまえですけど、わたしではありませんわ……いったい誰が、画策したのか」

レーラは犯人ではない。そのことはわかっている。クリシュティナは彼女の心が読めるのだから。薬を調合した医師でもない。そのことはそっとユーリーに伝えたものの、ユーリーも立場上レーラや医師にも調べを執り行わないわけにはいかないのだ。

「クリシュティナさまが狙われるなんて、いったいなんの目的で……」

比較的軽症だった自分のことをおいても、皇后に毒を盛るなど国家に対する反逆罪だ。クリシュティナも、体が自由に動きさえすれば宮中すべての者に会ってその心を読み、犯人を捜し出すのに――もっともその者が意識的に心を隠していれば、読み取ることはできないのだけれど。

「陛下のお調べが、早く進むことを祈っていますわ。真犯人が、一刻も早く捕まればいいですのに」

恐ろしい、とレーラは体を震わせた。その思いは、クリシュティナも同じだ。なにより、ユーリーに叛逆の心を持っているのは誰か――それを考えると、背筋が凍るような思いに囚われる。

「……あら？」

侍女のひとりが、静かにクリシュティナのベッドのもとにやってくる。彼女はクリシュティナに黙礼するとレーラにそっとささやきかけた。皇后であるクリシュティナに直接話しかけられる身分は持っていないのだ。

「ラヴロフさまが……宰相が、おいでになったそうです」

「そうなの」

クリシュティナは迷った。自分は夜着一枚で、ベッドから体を起こすこともできない。そんな状態で宰相に会うなど、不作法に過ぎるのではないだろうか。

「クリシュティナさまが起きあがれない状態でいらっしゃるのはご承知のうえで、よく効く膏薬をお持ちくださったそうです」

そう、とクリシュティナはため息をついた。クリシュティナの状態をわかっていて見舞いの薬まで持ってきたとなれば、追い返すわけにもいくまい。

「いいわ。お通しして」

クリシュティナが言うとレーラは少し驚いた顔をしたが、はいと言って立ちあがった。

ややあって、レーラはラヴロフを伴って戻ってきた。彼は濃紺のローブをまとい、手には黄色い花の束と、小さな瓶を持っていた。

「お加減はいかがですか、クリシュティナさま」

彼は、さも痛ましいといった表情で言った。

「少しは、お顔の色がよくなられましたか……？　お倒れになったときは、このまま儚くなってしまわれるのではないかと懸念したほどでしたが」

「心配をかけて、ごめんなさい」

できるだけはっきりとした声で、クリシュティナは言った。

「もう、大丈夫よ。大丈夫には見えないかもしれないけれど、ずいぶんよくなったの」

『失敗したか』

クリシュティナは、はっと目を見開いた。目の前のラヴロフは、薄く微笑んだ表情を隠さない。

『あの程度の毒では、効かないか。しかしあれ以上を忍び込ませるのは無理だった……』

ラヴロフの、心の声だ。クリシュティナは動揺を顔に出さないことに、懸命になった。

(どうして、ラヴロフさまが……？)

それ以上の深くを読もうとした。しかしラヴロフは『なぜ』までは読み取らせてくれない。それでも、クリシュティナに毒を盛ったのが彼であることは間違いなさそうだ。

(なぜなの……なぜ？)

「今日は、膏薬を持ってまいりました」

そんなクリシュティナの心中など知るはずのないラヴロフは、花をレーラに手渡し、小さな瓶をクリシュティナの目の前に差し出した。

「なんということはない、薄荷《はっか》の練り薬です。お胸もとに塗っておやすみになると、すうっとして爽快感が得られます」

「そうなの……、ありがとう」

クリシュティナは、瓶を受け取った。どうやら、この中に毒はないようだけれど。

（どうして？　どうしてなの？　陛下を狙うならともかく、どうしてわたしに毒を……）

わからない。クリシュティナは、困惑が顔に出ないようにと必死になった。

かたわらに、レーラが花瓶に生けた花が置かれる。鮮やかな黄色い花は部屋を明るくしてくれたけれど、クリシュティナの心は晴れなかった。

（確かに、お医者さまの処方してくれるお薬に毒を混ぜるなど、わたしに近い人にしかできないこと。でも、どうして……）

それは考えても答えの出る問いではなく、クリシュティナは思い悩んだ。

「長居をしてはいけませんでしたね」

だから、ラヴロフとなにを話したかもはっきりとは記憶にない。彼は花と薬を残して去り、あとにはただ困惑するクリシュティナが残された。

（ユーリーに、聞いてみるべき？　いいえ、よけいな心配はかけたくないわ。……でも）

彼の目的がまったくわからない。個人的なことならともかく（それがなにか想像はつかないけれど、知らぬうちに恨みを買ってしまったということもありうる）クリシュティナは皇后だ。政治向きの事柄で毒を使ったのだとしたら、国家に関わる大事となる。

（でも……ラヴロフさまは、どうせ殺すなら、わたしより陛下のほうを先に狙うでしょう。

わたしなど殺しても仕方がない……となると、やはり個人的な……？）

レーラが、ラヴロフの持ってきた薬を塗ってくれる。確かに薄荷のいい香りがして、心のうちが晴れ渡るような気がする。ひとつの懸念を除いては。


さすがに、今回の見舞いの品は生きた蛇ではなかった。

花の香りで心身を癒やすという香り袋は、ユーリーの選択ではないだろう。女官か誰かに勧められたに違いない。

「いい香りですわ……」

「どうなのだ、体調は」

白い絹地に淡い黄色の刺繍がかわいらしい香り袋を見つめていると、ユーリーがそう声をかけてきた。

「もう、平気です。クリシュティナは、笑顔とともにユーリーを見やる。

「なって横になっているのがもどかしいくらい」

「そうか、それはよかった」

そう言って、ユーリーは額にくちづけをしてくる。思わず赤くなり、見あげると彼が楽しげに笑ってこちらを見ている。

「下手人は、今捜させている。しかし、なかなかに狡猾なやつでな。しっぽを掴ませない。これかという目星はついているのだが」

（ユーリー……！）

心の中で、クリシュティナは叫んだ。

（下手人は、ラヴロフさま……でも、それを証明できるものがない……。どうしたらあなたに、大臣のかたがたに、ラヴロフさまが犯人だって信じてもらえるか、わからないの）

なにしろ、クリシュティナ自身にも理由がわからないのだ。しかも相手は、宰相たるラヴロフ。迂闊に犯人扱いなどできない。万が一クリシュティナの見立てが間違っていたとしたら、謝って済む問題ではないのだ。

「どうした、クリシュティナ？」

「……いいえ、なんでも」

うつむいた顔を、ユーリーに覗き込まれた。目が合ってどぎまぎしてしまう。そんなクリシュティナの顎に手をやると指をかけ、上を向かせて彼はなおも瞳を見つめてきた。

「なにがあった？」

「……なにも」

心を読むまでもない、ユーリーはクリシュティナの動揺を見抜いている。しかしそれがなにかとは聞かないのが、彼の優しさなのだ。

「私に嘘をつくくらい、元気になったのだな」

「え……、あ、……、っ……」

唇を寄せられ、ちゅくんと吸われる。柔らかい部分を刺激され、クリシュティナは身悶えた。そんな彼女の抵抗など許さないというようにユーリーはクリシュティナを抱きしめ、くちづけを深くする。

「……んっ、……っ……」

強い腕の中で、身動きができない。押しつけられる唇は熱く、その情熱に焼かれてしまいそうになる。クリシュティナはふるりと震え、するとユーリーの腕の力が強くなった。

「や、ぁ……、っ、……」

彼の腕の力強さは、しかしそのまま快楽となる。まるで彼のためだけに存在する彼だけの女という感覚は、クリシュティナを煽り立て、情熱的なくちづけの虜になる。

「あ、……っ、……、っ、……」

ぎゅっと腰を抱かれ、引き寄せられる。彼の胸に抱き込まれた細い体は大きく震え、この先の快楽を予感してまた震える。

「ん、……、っ、……、っ、……」

唇は深く重なってきて、するりと舌が入り込んだ。クリシュティナは反射的に唇を開き、彼を迎え入れる。

くちゅりと音がして、ふたりの舌が触れ合った。表面のざらりとしたところを触れ合わせ、舐めあげればぞくぞくとした感覚が走る。わななくクリシュティナの体を抱きしめたまま、ユーリーは舌の根までを舐めて、深い部分でクリシュティナを感じさせた。

「つ、む……、っ……」

息ができなくて頬が熱くなり、クリシュティナは身悶えた。しかしユーリーはクリシュティナを離そうとはせず、口腔に舌を這わせては感じさせてくる。クリシュティナの口の端から、つぅと銀色がひとすじこぼれる。

「ふ、っ……、ん、……ん、……」

「苦しいか？」

唇を重ねたまま、ユーリーが尋ねてきた。クリシュティナは、微かに首を横に振る。

「い、いいえ……」

「では、もっとおまえを愛させろ」

彼の手が、今は日がなまとっている夜着の上を這う。ぎゅっと乳房を掴まれ揉みあげられ、クリシュティナは掠れた声をあげた。

「長い間おまえに触れられなかったのだからな……、今日は、顔色もいい」

ユーリーなりに気を使ってくれていたのだと思うと、つい笑いそうになったけれど、その笑いは彼の口腔に吸い取られてしまう。

「抱かせろ。おまえが足りない……」

クリシュティナの舌をとらえて吸いながら、ユーリーは呻く。彼の手はすでに尖り始めた乳首をとらえた。きゅっとつねられると体中に衝撃が走り、クリシュティナの口からは甘い声が洩れる。

「気持ちいいのか……、もう、こんなに感じて」

「や、っ、……、っ、……」

強弱をつけて刺激され、クリシュティナは背を仰け反らせた。体中に力が籠もった。摘まれるときは痛いのに、指の力が緩まるともっとと思ってしまう。そんなもどかしい思いを抱えるクリシュティナを焦らすように、ユーリーは乳首を攻め立て、それに促されて両脚の間が濡れていく。

「ああ、あ……、っ、ん、……」

もうひとつの乳房にも手が這い、全体を包み込んでぐいぐいと揉まれる。薄い夜着越しでは彼の手のひらの硬さが如実に感じられて、肉刺《まめ》の凹凸や指の形にも感じさせられた。

「や、ぁ……、っ、ぁ……！」

双方をそれぞれに愛撫され、違う律動が体を這う。感じさせられる。ベッドの上でクリシュティナは身悶えし、そんな彼女を追いあげるように、ユーリーの手の動きは激しくなっていく。

「だ、め……、そこ、ばっかり……っ、……」

「しかし、ここが気持ちいいのだろう？」

にやり、とユーリーが笑うのが目に入る。その笑みがあまりにも艶めかしくて、胸がどきりとした。

「今、ここが動いた」

左の乳房を掴むユーリーが、夜着の上からそこにくちづけた。そっと、触れるだけのくちづけ。それがもどかしくも、感じてしまう。微かな声をあげたクリシュティナに、ユーリーは笑う。

「感じたか？　もっとと、ねだっているのか？」

「あ、あ……や、ぁ……、っ……」

一枚の布越しのむずむずする感覚は、ますますクリシュティナを追いあげる。ユーリーはくちづけた痕を咬み、ちゅくりと吸いあげ、また咬んでくる。その感覚がなんともいえずに心地よくて、焦れったくて、クリシュティナは、腰を捩った。

「我慢の利かないやつめ」

そんなクリシュティナを侮るように、ユーリーは言うのだ。

「欲しがりが……それほどいいのなら、言ってみろ」

彼の指は、つうぅとクリシュティナの乳房を這う。すべらせるようにされて、指先で乳首を押さえられた。

「ひぁ、あ……、あ！」

「どうしてほしい？　おまえの望みなら、なんでも叶えてやる」

「や……、な、こ、と……、っ……」

クリシュティナは、下肢をもぞりと動かした。その奥が濡れ始めている。はっきりと、溲れこぼれる蜜の感覚がある。しかしそれを口に出して言えるわけがない——ましてや、どうしてほしいか、なんて。

「どうなんだ、クリシュティナ」

「だ、め……、っ、……」

「なにが、だめだ」

乳首を摘み、夜着越しにそれをくわえながらユーリーは言う。

「こんなにも反応しているくせに？　ほら……勃って。私の唇を悦んでいる……」

「やぁ、あ……、っ、……、っ……！」

唇で擦られたり、軽く歯を立てられたり。そのたびに自分の下肢が跳ね、溢れる蜜が多くなるのを感じる。

「こちらも、そうだ」

手のひらで揉んでいた乳房も、同じようにされる。勃ちあがった乳首を指先で捏ねられ、もう片方には歯を立てられると、クリシュティナの体は魚のように反応した。

「ほら……いい反応を見せる。口は正直でなくても、体のほうは違うようだな」

「い、……、いじ、わ……る……っ……」

身を捩らせながら、クリシュティナは声をあげた。

「わかってる、くせに……！」

「ああ、わかっているとも」

ぬけぬけと、ユーリーは言った。

「おまえの体で、知らないところなどない。どこをどうすれば反応するのか、私以外に知る者はあるまい？」

「あ、たり、まえ……、っ……」

はっ、と息をつきながら、クリシュティナは呻くように言った。

「あなた、しか……、知らない。わたしのこと、あなた……しか」

乳首から口を離し、ユーリーはぺろりと唇を舐めた。舌の赤が奇妙に生々しくて、艶めいていて、どきり、とクリシュティナの胸が鳴った。

「当然だ。我が妃……おまえは、私の唯一の女」

彼の手が、クリシュティナの体をなぞる。その形を確かめるように、胸からみぞおち、腹部、そして閉じている両脚に。

「おまえの体を暴こうという者があれば、八つ裂きにしてやる。切り刻んで殺しても、飽き足らぬ……」

「恐ろしいこと、を」

熱い吐息を洩らしながら、クリシュティナは言った。

「そんなこと、考えるのはやめて……。わたし、を……」

「おまえを？」

ユーリーは、体を起こした。じっと上から見つめられて、羞恥がクリシュティナの体中を走る。

「いや……、ご覧にならないで」

「しかし、この目で見ないとおまえの反応がわからないだろう？」

空々しい口調で、ユーリーは言う。

「おまえの反応が見たい……私を求めて、欲しがるおまえが見たい」

「そ、んな……」

クリシュティナは、身を縮こまらせる。ユーリーを欲しがる浅ましい体を少しでも彼の目に触れさせないようにしながらも、本音が唇からこぼれる。

「な、ら……、わたしを、かわいがって？」

掠れた声で、クリシュティナは言った。

「あなたが、欲しい……です。だから、わたしをかわいがってください……」

「愛いやつ」

ユーリーは、目を細めた。

「素直なおまえも、なかなかにいいものだな……？　いつもそうやって、わたしを求めていればいい」

彼の手は、胸もとのリボンに伸びた。しゅっと引き抜かれ、クリシュティナはびくりと応えてしまう。

「そうやっていつも、初めてであるような反応をするのもかわいらしい」

胸もとを広げながら、ユーリーは言う。

「それが見たくて、意地悪をするのだ……許せよ」

「そ、んな……、こと」

はだけられた胸は、愛撫を待って震えている。それを目にしてユーリーは微笑み、今度は直接くちづけを落としてきた。

「ん、ん……、っ、……」

「すっかり尖って……、かわいらしい」

そっと押しつけられた唇が、乳首を吸う。直接の感覚はやはり違った。刺激は体を伝い、クリシュティナは雷に打たれたように跳ねた。

「これだけで、それほどに反応するのだからな」

「や、ぁ……、っ、……」

自分の反応が恥ずかしいけれど、抑え込めるものでもない。ユーリーの手はもうひとつの乳房を掴み、すると彼の硬い手のひら、肉刺の形から凹凸までがはっきりと感じられて、クリシュティナはぶるりと身震いする。

「今、感じたな」

薄く微笑んで、ユーリーが言う。

「私の手の中で、震えた……乳首も、硬くなって」

「い、や……、やめて……」

「やはり、直接触れるのが心地いいな。おまえの肌は、どれほど精緻な織りものにも勝る……」

うたうようにそう言って、彼の手はなおも乳房を揉む。芯が硬くなって、刺激をより鋭敏に感じた。痛いほどに刺激され、しかしその痛みぎりぎりの感覚が心地いい。

「毒に倒れていたとは思えないな。こんなにあからさまな反応を見せて、悦ぶのなら……我慢するのではなかった」

「我慢……、してらしたのですか？」

クリシュティナが問うと、ユーリーは照れくさそうな顔をした。それを隠すように胸に顔を埋めてしまったので、彼の表情は見えなくなった。

「や……、ぁ、あ……ああ、……、っ……！」

きゅう、と強く吸いあげられた。もうひとつの乳房は掴まれ、指を食い込ませて揉まれる。容赦ない愛撫に嬌声が洩れた。しかしユーリーは容赦してくれるつもりはないようだ。

「あ、あ……、ああ、あ、……、っ、……！」

思わず両脚を擦り合わせる。その奥から溢れる蜜が、音を立てた。ユーリーにも聞こえているだろうか——恥ずかしい。迫りあがる快感から、クリシュティナは懸命に逃げようとした。

「なぜ、堪《こら》える」

ユーリーは、乳房を舐めあげながら尋ねた。

「声を殺すな。すべて……私のものだということを実感させろ」

「あ、……は、い……っ……」

はっ、とクリシュティナは息をついた。ユーリーの言うことに従うのはやぶさかではない。しかし本能的な羞恥はどうしようもなかった。

「目を開けろ。私を、見ていろ」

「は、い……」

クリシュティナは懸命に目を開けようとした。その拍子に涙のしずくが目尻を伝い、耳に向かって落ちていく。

「泣いているのか……?」

「いえ、これは」

クリシュティナは、慌てて目を擦った。

「悲しいわけではありませんわ……ただ、自然に出てきて」

「それならいいのだが」

ユーリーは手を伸ばして、涙を拭ってくれる。しかしもうひとつの手は乳房を掴んだまま、やわやわと揉みしだく。クリシュティナに快楽を与える。

「あ、あ……、っ、……、っ、……」

涙を拭われながら、クリシュティナは声をあげた。乳房の芯が、もっとと愛撫を求めて疼いている。触れてほしくて突き出すようにすると、ユーリーは舌で乳首に触れた。舐められて吸われ、揉みしだかれて、体の熱は痛いほどにあがっていく。

「ひぁ、あ……、っ、……、っ、……！」

ひくん、と腰が跳ねた。クリシュティナの秘所は、震えて愛撫を待っている。思わず腰を捩らせて、しかしそこをかわいがってほしいとは言えずにただ喘ぎに気を逸らせた。

「ふ、ぁ……、ああ、あ……、っ、……」

ユーリーの手が、体をなぞる。腰の形をすべり、臀《しり》の膨らみを撫でる。クリシュティナはびくりと反応し、ユーリーは赤い舌で唇を舐めた。

「こちらも……欲しいだろう？」

「あ、……ああ、……、っ、……ぅ……」

彼の手が、まとわりつく夜着の裾をめくる。忍び込んできた手はクリシュティナの淡い茂みを梳き、すっかり硬く尖っている芽に触れた。

「やぁ、あ……、っ、……、っ……！」

「ここも……、私を待っていると見える」

芽の先端をくりくりといじられ、クリシュティナの声は裏返る。腰が大きく跳ねる。それを受けて、ベッドが軋みをあげた。そんなクリシュティナの反応を愉しむように、ユーリーの手は止まらない
「こんなに硬くして。堪え性がないのだな」

「や、っ……、ああ、あ……、っ！」

二本の指がそこを摘み、力を込められてまた新たな蜜がどろりと流れ出した。それを恥じて身を捩るも、のしかかったユーリーの体がそれを押さえる。逃げることも叶わなくて、快感が指先にまで駆け巡った。クリシュティナは何度も震え、喘いで快楽を逃がそうとする。

「そのまま、素直に感じていろ……声をあげろ。私に、うつくしい音色を聞かせろ」

「あ、……っあ、あ……、っ、……」

小さな部分から、大きすぎる快楽が体を突き抜ける。クリシュティナは身をうねらせて、しかしなおもユーリーは手を止めない。

「手ではいやか？　舐めてやろうか？　舌と歯を使って……攻め立ててやろうか？」

「やぁ、あ……ああ、あ……、っ、ッ……」

摘んで、こりこりと捏ねられて。クリシュティナの体内を大きな雷が走り、頭の中が真っ白になる。

「……ぁあ、あ……ああ……、っ……！」

声が途切れ、快感を嬌声で逃がすことができなくなる。熱が体の中に籠もり、それはさらなる快楽を促した。クリシュティナは指先まで震えながら、絶頂の余韻を受け止める。

「つあ、あ……あ……、っ、……」

「達ったか」

濡れた音が聞こえた。それはクリシュティナの下肢から聞こえる音で、そこが充分すぎるほど潤っていることを、ユーリーも気がついたらしい。

「しかし、一回や二回では終わらせない……もっと、もっと感じさせてやろう。おまえが、もういやだと言うまでな」

「や、……、っ、も……これ、じょ……」

はぁ、と荒い息を吐きながら、クリシュティナは言った。

「お願い……、ユーリーを、くださ……、あなたが、欲しいの……」

羞恥をかなぐり捨てて、そう訴えた。しかしユーリーは、愉しげに目を細めてクリシュティナを見るばかりだ。

「ああ、もちろんやるとも」

夜着を剥ぎ、クリシュティナの下肢を露わにしながら彼は言った。

「しかしその前に、私がたっぷりおまえを味わってからだ……おまえのここは、このうえない味がするからな」

「や、ぁ……、っ、……、っ……」

片脚を持ちあげられる。それを肩に担ぎ、ユーリーはクリシュティナの脚の間に顔を埋めた。

「ひぁ……、ああ、あ……ん、っ、……」

ぬちゅっと音がして、彼が花びらの上を舌で舐めたのが耳でもわかる。鋭すぎる快楽を受け止めて、全身がわななないた。

「……、……あ、あ……、っ、……」

「うつくしい薔薇色だ」

感嘆した声で、ユーリーが言った。

「こんなに腫らして……よほど、欲しいのだな」

「え、……、ええ……」

クリシュティナは、唇を噛みしめながらうなずく。

「あなたが、欲しい……か、ら……」

「ふふ」

ユーリーは笑い、さらに舌を伸ばしてくる。花びらの形をなぞられ、舌のざらりとした感覚も認識できるくらい敏感になったそこを何度も辿られた。クリシュティナの体はひくひくと震え、過剰すぎる快感を懸命に逃そうとする。

「いぁ、あ……ん、……、っ、……」

しかしユーリーの攻めは、容赦なかった。彼は花びらの端をくわえて吸い、クリシュティナに嬌声をあげさせる。舌を伸ばして花びらをかき混ぜる。軽く咬み、歯の痕に舌を這わせた。

「ひぅ、……っ、……、っ、……!」

音を立てて吸われ、蜜を味わわれる。それが耳に伝わってきてどうしようもない羞恥に襲われるけれど、クリシュティナ自身それさえもが快楽であると認めざるを得ないほどに、体は反応している。

「い、や……、や、ぁ……、……」

しかしクリシュティナの「いや」は、ユーリーには通じないようだ。否、求めていることは彼がよくわかっている。彼自身を突き込まれる快楽だけではなく、芽や花びらをいじられて受ける悦びをも求めているということを知られている。

「も、や……、つ、……ぁ、そこ、ばか、り……っ」

「しかし、おまえは悦んでいるだろう」

拍子に、かりりと芽を咬まれた。それは痛みを感じるほどで、クリシュティナが驚いて目を開けるとまた涙がこぼれ落ちた。敏感な部分がじんじんとしていて、痛いはずなのにどくりと迫りあがる快楽へと変わったのはなぜだろう。

「痛いのも……悪くないだろう？」

いたずらめいた調子で、ユーリーが尋ねてきた。見抜かれているのかと、クリシュティナはどきりとする。

「おまえが、悦んでいるのはわかっている……また、蜜が溢れだしてきたぞ」

「や、ぁ……、つ、たい、のは……いや……」

クリシュティナは身悶えたけれど、腰骨に手を置かれ、動きを制限されるとますます快感は体中を駆ける。何度も身震いし、耐えがたいまでの愉悦になんとか耐えた。

「嘘をつけ。おまえのここは、悦んでいる……震えて、こんなに蜜を垂れ流しているではないか」

「いや、ぁ……っ、……、っ……」

ユーリーの指が、クリシュティナの蜜口に触れる。そっと指先を入れられて、クリシュティナはびくりと震える。そこは異物をいったん拒み、しかしユーリーの手だとわかると素直に受け入れた。

「ほら、こんなに易々と入る……ああ、中は柔らかいな」

「や、ぁ……、っ、……あ、あ……」

ずちゅ、ずちゅと音を立てながら、それは進んでくる。蜜襞は彼の指に絡みつき、もっとねだるようにうごめいた。

「あ、あ……、ああ、……ぅ、……」

「おまえの体は、正直だな……こんなにも絡みついてくる」

「いや、ぁ……、っ、……」

あまりにも恥ずかしいことを聞かされて、クリシュティナは脚を閉じようとした。しかしユーリーの手でしっかりと腰を押さえられて、また彼の体が入り込んでいて脚を閉じるなどできそうにもない。

「もう、こんなに入ったぞ……？　一本では足りるまい」

そう言って、増やされた指は何本なのか。二本、三本、と数えられるほどに敏感になったそこは、ユーリーの指を締めつけて離さない。

「あ、あ……、あ、……、あ……、っ……」

そうやって中で指を躍らせておいて、ユーリーは秘芽に吸いつく。唇で捏ね、先ほどよりは優しく歯を立てた。その衝撃にクリシュティナは体を反らせ、びくびくと体を跳ねさせながら絶頂を迎えた。

「いぁ、あ……あ……っ……！」

つま先までが痙攣する。全身に力が籠もり、くわえ込んだユーリーの指を強く締めつけてしまう。

「……こら」

突き込んだ指をうごめかせながら、ユーリーが言う。

「私の指を食いちぎるつもりか？　そんなに力を入れては……」

「やぅ、……、っ、……」

かあっ、と頬が熱くなった。ユーリーは体を起こし、そんなクリシュティナの顔を覗き込んできた。彼の金髪が揺れて、紫色の瞳がきらめく。それに目を奪われたクリシュティナは、近づいてくる唇に反射的に目を閉じた。

「……ん、っ、……」

　くちづけは、奇妙な味がした。同時に、達して敏感になりすぎたクリシュティナの体内を、なおも入り込んだ指がくちゅくちゅといじっている。

「や、ぁ……、っ、……、っ……！」

　身を捩ろうとしても、ユーリーの体がのしかかっていて動けない。彼はクリシュティナを焦らすように指を出し入れし続け、ぐちゅぐちゅと響く音がクリシュティナをますます羞恥に誘い込む。

「も、……、ユーリー、……、っ、……」

　クリシュティナは、両手で顔を覆おうとした。しかしユーリーがクリシュティナの右手首を掴んでしまい、それは叶わない。クリシュティナは涙目で彼を見あげた。すると欲のしたたるような紫色の瞳がこちらを見ている。

「ユーリー……お願い。き、て」

　掠れた声で、クリシュティナは訴えた。

「あなたを、感じたいの……指、なんかじゃなくて……」

　ユーリーは、目をすがめた。恥ずかしいことを口にするクリシュティナを愉しんでいるような、それでいて彼自身欲望に耐えかねたような。そんな表情だった。

「ユーリー……っ、……」

自由になるほうの手を伸ばし、クリシュティナはユーリーを抱きしめる。ユーリーは驚いたような顔をしていたけれど、やがてにやりと笑ってまたクリシュティナにくちづけた。

「おまえに、あてられた」

ユーリーは、どこか苦しげに言った。

「おまえは、うつくしすぎる……この私を、ここまで翻弄するとはな」

「ほん、ろう……なん、て……っ、……」

ちゅくん、と指が引き抜かれる。はっ、とクリシュティナは息をついて、解放された安堵と突いてくるものを失った空虚を同時に感じる。

「ああ、ユーリー……、は、やッ……っ……く」

「そう、急くな」

彼は言って、クリシュティナの右手を解放した。クリシュティナの蜜で汚れている手で自分の下衣をくつろげ、クリシュティナの下肢に手をすべらせた。

「ひ、ぁ……、っ、……」

両脚を拡げさせられて、濡れそぼった熱い秘所に冷たい空気が触れてびくりとし、しかしすぐにもっと熱い——ユーリー自身が押し当てられる。

「ふぁ、……っ、……、っ、……」

ひくり、とクリシュティナの咽喉が震えた。ユーリーの欲望が、入ってくる。先端のなめらかな部分が蜜園を裂き、じゅくりと中へ。すぐに嵩張った部分が入り込んできて、太いものを突き入れられる苦しさに、クリシュティナは呻く。

「そんなに……、締めつけるな」

はっ、と乱れた息を吐きながら、ユーリーが言った。

「おまえを、じっくりと味わえないだろう？　もっと、緩めるんだ……」

「や、ぁ……、で、きな……、できな、い……っ……」

ユーリーにすべてを支配されたこの体は、クリシュティナの思うようにならない。

締まっている秘所にぐいぐいと欲望を押しつけられ、ずちゅ、ちゅ、と入ってくるそれはあまりの質量で、クリシュティナは悲鳴をあげた。

「……ちっ」

軽く舌打ちの音が聞こえる。そのままくちづけられ、吸いあげられて体の力が弛緩した。その隙を狙って、ユーリー自身がさらに深く入り込んでくる。

「ひぁ……、っ、……、っ……！」

「逃げるな、クリシュティナ」

クリシュティナの腰を掴み、ぐっとユーリーが腰を進めてきた。質量に思わず息を呑み、身を強ばらせる。しかし唇を吸われてため息をつくと、太い部分が入り口を抜けた。濡れた内壁は入ってきたものを悦び絡みついて、内へ内へと誘っている。

「まったく、手間をかけさせる……」

ユーリーが呻いたことに、思わず涙が浮かんだ。震える声で、クリシュティナは言う。

「ごめ、んな……さ、いっ……」

「ああ、謝ることではない」

そんな彼女をなだめるように、ユーリーはまたくちづけをしてくる。熱い淫液を絡ませ合いながら繋がっている下肢とは裏腹の、重ねるだけのキス。それにクリシュティナは息をつき、頭を撫でられ髪を梳かれて、また安堵のため息を吐く。

「おまえの体が、敏感すぎるだけだ。感じやすい……それは、おまえの美点だ」

「あ、あ……、っ、……、っ……」

ユーリーが腰を進め、さらに奥までぐっと欲望が入ってくる。内壁を太い杭で擦られ、クリシュティナは仰け反った。

「ひぁ、あ……あ、ああ、っ!」

「おまえの中が、悦んでいる」

満足げな息をつきながら、ユーリーが言った。

「私に、絡みついて離れない……きゅうきゅうと締めつけてきて、痛いくらいだ……」

「ああ、っ、……、めん、な……さ……」

「謝るなと、言っただろうが」

ユーリーの欲望は媚肉を振りほどき、奥に進む。今まで触れられていなかった敏感な部分にそれが擦りつけられ、腰を仰け反らせてクリシュティナは身を強ばらせた。

「それが、心地いいのだからな……おまえに搾り取られるようで、たまらなく心地いい……」

「あ、や……、っ、……、っ、……」

ユーリーの手は両方ともクリシュティナの腰にまわり、しっかりと抱きとめて下肢を突き進める。蜜園は侵入を拒みながらも受け入れ、感じて蜜を垂れ流し、よりなめらかにユーリーの突きあげを受け止めた。

「は、ぁ……、っ、あ……ああ……、っ……」

花びらが、硬いものに擦られる。それがユーリーの茂みで、ふたりが隙間なく繋がったことがわかった。同時に頭のてっぺんにまで迫りあがるような興奮が湧き起こる。

「や、……、ユーリー、ユー、リー……っ……！」

「クリシュティナ」

名を呼ばれ、目を開けると涙が幾粒もこぼれ落ちていった。覗き込んでくる紫色の瞳は爛々と輝き、クリシュティナを見つめている。

「うつくしいな……、クリシュティナ」

はっ、と熱い息を吐きながら、ユーリーがささやいた。

「快楽に溺れて……泣いているおまえは、本当にかわいらしい」

「い、ぁ……、っ、……」

「ここが、感じるのだろう？」

最奥の手前、微かな凝りの部分を擦りあげながらユーリーが言う。

「ここを突くと、いい反応を見せる……もっと、よがってみせろ」

「やぁ、あ、ああ、……っあ、あ……！」

指も届かない深いところ、ユーリーの熱杭だけが届くところ。そのようなところに感じる部分があるとは、今まで思いもしなかった。ユーリーに教えられた快楽はクリシュティナを虜にして、迫りあがってくる感覚に声も途切れる。

「いぁ……あ、あ……、っ、……」

「ほら……心地よさそうな顔をしている」

ユーリーの手が、頬に触れる。撫であげられて、ひくっと体が反応した。ユーリーが微かな声を洩らす。

「……私も、心地いい……心地よすぎる」

熱い息を吐いて、ユーリーが呻くような声をこぼした。

「受け止めろ……、私の子を孕め……、クリシュティナ」

「あ、あ……、っ、……、あ、あ……」

感じるところを擦られて、跳ねた体の奥に火傷しそうな熱が注がれ、体中の神経がそれに反応した。

「やぁ、あ……、っ、……、ああ、あ！」

「……ん、っ……」

ずん、と突きあげが深くなって、これ以上は、と思う部分を擦られる。全身に稲妻が走り、目の前が真っ白になった。

「あ、ああ、……、っあ、あ……あ！」

唇が震える。指先がわななく。ここがどこで、誰が自分を抱いているのか——熱すぎる奔流の主は誰なのか。目の前が白く塗り潰されて意識さえ朧《おぼろ》な中、クリシュティナは掠れた声をあげ続けた。

「……っ、……あ、……、あ、……っ、……」

「クリシュティナ……」

ふたりの呼気が混ざる。それは混ざって新たな熱となった。ユーリーはふるりと身震いして、そしてクリシュティナを覗き込んでくる。

「大事ないか？」

「……はい」

クリシュティナはユーリーを見あげ、涙でぼやけた彼の顔に両手で触れる。輪郭を確認して安堵し、下肢から迫りあがるなおも絶えない快感にわなないた。

「伏せっているおまえに、無茶をした。悪かった」

「もう、元気になりましたから」

そう言うと、ユーリーがにやりと笑う。

「私と交わって、元気になったか？」

「そ、そういう意味ではありません！」

思わず声が裏返り、クリシュティナは咳き込んだ。ユーリーが肩を撫でながら、頬にくちづけてくる。ちゅく、ちゅくと淡く吸われ、それにも性感を刺激されてクリシュティナは息を呑んだ。

「そうか、おまえを元気にするには、交われればいいのだな？　それなら任せておけ」

「いえ、ですから……」

唇はクリシュティナのそれに至り、くちづけを落とされた。触れるだけのキスは初めて
くちづけをかわす者同士のようで、深く繋がっている下肢とは裏腹だ。

「あ、……っ、……あ……、っ」

「おまえがかわいらしいから、また大きくなった」

唇を重ねながら、ユーリーが言う。

「このまま、……いいか？」

「つあ、あ……、あ……」

ひくり、と秘所が反応する。それはユーリーの言葉に応えたかのようで、彼の笑みが濃
くなるのがわかった。

「よさそうだな……、続ける。おまえを、もっと犯してやる」

「ひぁ……、あ、あ……、っ……！」

じゅくりと引き抜かれ、突き込まれて。新たな快楽を味わわせられながら、クリシュテ
ィナはユーリーの肩に手をまわしていた。

自分に毒を盛ったのが宰相のラヴロフであると、ユーリーには言えないままだった。

　クリシュティナ自身、確証が持てないのだ。自分の力に間違いがないとも言えない。ラヴロフが、真実でないことを心に思い浮かべたのかもしれない。

　ラヴロフは、このアロノフ皇国の宰相なのだ。そんな彼が、クリシュティナに毒を盛る理由がわからない。彼はユーリーの助けとなるべき存在なのではないか。そんな彼が皇后であるクリシュティナに——いわば、ユーリーの一部であると言ってもいい存在に毒を盛るとは、どういう心づもりなのか。

　クリシュティナにはどうしても理解できない。その夜も、床についたけれどまんじりともしなかった。体調は戻ってきていて毒の影響ももうないけれど、ベッドを離れることは医師に禁じられている。

「おやすみなさいませ」

　レーラがそう言って、蝋燭を吹き消した。ぼんやりとした月明かりが彩る部屋ではすぐに眠れそうなものだけれど、しかし一日中ベッドにいるのだ。眠気はすぐには襲ってこない。その間も、クリシュティナはラヴロフの行動について考えている。納得できる理由を探している。

「あ……、ら、……、っ……？」

どこからか風が吹き込んでくるような感覚があって、クリシュティナは目を開けた。自分の上に影が伸びていることに彼女は気づく。

「……ラヴロフさま！」

クリシュティナのベッドに伸びている影は、確かめるまでもない。『クリシュティナさま』と心のうちでつぶやいている男は、ほかでもないラヴロフだった。

「ど、うして……こんな、ところに……？」

「夜営の衛兵など、私がその気になればいくらでも撒くことができるのですよ」

クリシュティナが目覚めたことに、彼は驚いているようだった。その手は懐を押さえている。そこに、毒が入っているのだろうか。

「あなたがお目覚めとは、計算違いでしたが。まぁ、差し障りはありません」

ラヴロフは奇妙に落ち着いている。大声をあげて人を呼べば、ラヴロフは窮地に立たされるはずなのに。彼はクリシュティナがそうしないと確信しているようだ。

「人を、呼ぶわよ……？」

「あなたは、そのようなことはなさいません」

案の定、ラヴロフはそう言った。

「皇后が夜這いされたとなれば、傷つくのは陛下の名誉ですからね。あなたは、それをお望みではないでしょう?」

「……なにが、目的なの」

生唾を呑み込みながら、クリシュティナは尋ねた。ラヴロフは、薄い光の中で目を細める。月明かりがあるとはいえ、この時間だ。彼の姿がはっきりと見えるはずはないのに、その笑顔はくっきりと目に焼きついた。

「私は、罪を犯してしまいました」

胸に手を置いて、ラヴロフはささやいた。

「罪?」

「そう、皇后に懸想《けそう》するという罪を」

クリシュティナは目を大きく見開く。一方でラヴロフは目を伏せ、罪を告白するようにつぶやく。

「愛しております、クリシュティナさま」

「な、に……を……」

ラヴロフは、伏せていた視線をクリシュティナに注ぐ。その心も同じことを言っている。

戸惑うクリシュティナをからかう様子は微塵も見えない。

「あなたが、後宮に入られたときから……あなたのお姿は、私の心をとらえておりました。あなたが陛下のお心を得て、皇后になられて遠い存在に……それでも、諦めきれなくて」

どく、どく、とクリシュティナの心臓がうるさく鳴る。クリシュティナは瞠目したままラヴロフを見ていた。彼の心を読む余裕もない。そんなクリシュティナを見下ろしたまま、ラヴロフはまた微笑んだ。

「あなたの不思議な力でも、おわかりになりませんでしたか？　私は、自分の心を隠すことに長けていると自信を持っていいのでしょうか？」

「……ユーリーに聞いたの？」

「いいえ」

ラヴロフは、なおも微笑んだまま首を横に振った。

「陛下は、そのような秘密をうかうかと洩らすかたではありません。それは、クリシュティナさまもおわかりでしょう？」

そう言って、彼は息をつく。

「そういう不思議な力を持つ者は、います。私の里にもおりました。クリシュティナさまのお力を信じることができたのは、その者を見ていたからかもしれません」

「信じるの……？」

「ええ。ヴェプリク山脈攻めのとき、タラソワ王国側の陣を読み取られたのも、クリシュティナさまのお力ですね」

ええ、とクリシュティナはうなずいた。

「ならば……わかるでしょう？　わたしに毒を盛ったのが誰か、わたしが知っているということも」

「そうでしょうね。今夜も、あなたがおやすみになっていたのなら、首尾よくいくはずでしたが」

懐からラヴロフは、小さな瓶を取りだした。それが毒かと思うと、思わず呼吸が止まる。

「わたしを……殺すの？」

愛していると言っておいて、殺すというのはおかしい。その点を突くと、ラヴロフは低く笑った。

「仮死状態にして、お連れしたいと思っているのですよ」

「仮死……？」

「そう。あなたの葬儀を見届けて、あなたの遺体を盗む。あとはあなたがお目覚めになるのを待つだけ……しかし、失敗しました。ゆえに二度目を企んだのですが」

「そ、んなことをして……誰が、幸せになれるというの？」

クリシュティナの言葉に、ラヴロフは笑った。

「幸せ？　私が、幸せになれるではありませんか。あなたを手に入れて……誰も知らないところで、一緒に暮らすのです」

「わたしが、それを受け入れるとでも？」

挑むようにクリシュティナが言うと、ラヴロフは何度目かになる笑いを洩らした。

「世には、いろいろな薬があります。あなたを私に夢中にさせたり、過去のことを忘れさせたり。あなたが、自分の意思で薬を飲んでくださったら、それに勝ることはないのですけれど」

「そんな、薬なんて……いや、だわ」

そうおっしゃるのはわかっています。これ見よがしに瓶を振ってみせたラヴロフは、言った。

「だから、あなたの水差しに忍ばせようと思ったのです。あなたが目覚めておいでだったとは、誤算だった」

「あなたは……ユーリーの、片腕ではないの」

震える声で、クリシュティナは言った。

「そんなあなたが、ユーリーを裏切るというの……？」

「私は、陛下の忠実な臣下です」

恭しい態度で、ラヴロフは言った。

「それは、永遠に変わりません」

「でも、わたしはユーリーの妃だわ」

唇を噛んで、クリシュティナは言った。

「陛下の皇后を……懸想するなんて、陛下に対する裏切りだとは思わないの？」

「恋に罪はありません」

澄ました表情で、ラヴロフは答える。

「愛する気持ちを、覆すことはできないでしょう？　むしろその心を押し隠しているほうが、罪です」

「……あなたは」

クリシュティナの言葉などでは論破できない考えを持ったこの男を前に、どうすればいいのか。迷っているうちに、彼の腕が伸びてくる。

「愛しております、クリシュティナさま……」

「や、ぁ……、っ、……」

抱きしめられ、組み伏せられてしまう。クリシュティナは身悶えたけれど、男の腕の力は強い。押さえつけられてもがき、とっさに悲鳴があがった。

「クリシュティナさま!?」

隣の部屋から、声がする。ラヴロフは小さく舌打ちし、クリシュティナを解放すると部屋の闇に消えてしまった。

「ラヴロフ……、っ……」

「クリシュティナさま、どうなさいましたの!?」

入ってきたのは、夜着姿のレーラだ。クリシュティナはひとつ息をつくと「なんでもないわ」と首を振った。

「少し……怖い夢を見ただけ」

「怖い夢?」

レーラの心は、それを疑っている。しかしクリシュティナは、澄まして改めてベッドに入り直す。ラヴロフに押し倒されたベッドは乱れていて、そのことを追及されればどうしようかと思った。

「すごい寝相でいらっしゃること」

呆れたように、レーラは言った。

「だって、本当に怖い夢だったもの」

「どんな夢だったのかは、お伺いしませんわ」

ため息をついて、レーラは言った。

「ご自分が、病みあがりであることをお忘れなきよう。ほら、ちゃんと上掛けをおかけになって」

レーラが、面倒を見てくれる。言われるがままに上掛けをかけられ、ベッドの中に収まってほっとした。

「ねぇ、レーラ。今夜はここにいてくれない？」

クリシュティナがねだると、レーラは驚いた顔をした。

「クリシュティナさまが、そのようなおねだりをなさるとは珍しいこと」

「いいでしょう？　怖い夢を見たから、恐ろしいのよ」

「仕方がないですわね」

レーラは大袈裟なため息をついて、かたわらの椅子をベッドの脇に引っ張ってくる。

「では、クリシュティナさまの夢の番をさせていただきます。もう、悪夢にうなされることがないように」

「ありがとう」

クリシュティナは言って、目を閉じる。眠気がなかなか訪れなかったから、クリシュティナはただひとつのことばかりを考えていた。

(ラヴロフさまが、わたしを愛しているなんて……思いもしなかったわ。そんなこと、ユーリーには言えない……)

さらには、毒を――おかしな薬をクリシュティナに盛ったのもやはりラヴロフだというのだ。血眼になってクリシュティナに害をなした者を捜しているユーリーがそれを聞いたら、どう思うだろうか。側近に裏切られたことは、彼にどれほどの衝撃を与えるだろうか。

(どうすればいいの……、わたしは、どうすれば)

いつまたラヴロフがやってくるかと思うと、気が気ではなかった。まんじりとしないままやがて朝が来て、薄く射してきた朝陽に、クリシュティナはほっとした。

その日の昼ごろだった。

クリシュティナは机に向かって書物を写していた。羽根ペンのすべる音が、かりかりと部屋に響いている。静かな中、しかしクリシュティナは集中することができずに、頭では別のことを考えている。

(ラヴロフさまのこと……どうしたらいいのかしら。ユーリーに言っていいものか……)

でも、と考えは巡る。

(ラヴロフさまはユーリーの忠実な臣下であることは事実。宰相になにかあれば、国政に影響があるに違いないわ。そうでなくとも、隣国との関係も悪いというのに……国が揺れるのはよくないこと)

だからといって、おとなしくラヴロフのものになるつもりはない。

「……あっ！」

気持ちが乱れていたせいだろう、羽根ペンが引っかかって、羊皮紙にしみを作った。しみがじわりと広がっていくのを、吸い取り紙を取りあげることも忘れて見つめていた。

(不吉な……)

いやな予感が、胸に広がる。同時に扉を叩く音がして、とっさに振り返った。

「誰？」

「クリシュティナさま！」

入ってきたのは、レーラだった。彼女の表情に浮かんでいるものに、クリシュティナは自分の予感が間違っていないことを知る。

「大変ですわ、陛下が……下手人を挙げられたと！」

どきり、と胸が鳴った。ラヴロフが捕まったのか。しかしいったいどういうきっかけなのだろう。

「だ、れ……なの？」

「サンドラですわ！　クリシュティナさまの、お部屋係の！」

「サンドラ……ですって？」

すぐには顔を思い出せない侍女だ。クリシュティナは眉をひそめ、するとレーラは焦れったそうに足を踏み鳴らした。

「サンドラが、クリシュティナさまに毒を盛ったのです。サンドラは、もともと後宮の妃……陛下が後宮を解散したことで妃の身分を失った者。クリシュティナさまを恨んでいても不思議はないと言えます」

「そんな……！」

クリシュティナは、がたっと音をさせて椅子から立ちあがった。羽根ペンが、手から落ちる。

「違うわ、サンドラじゃない……」

「クリシュティナさま？」

不思議そうに、レーラが問う。しかしレーラに言っても仕方がない、クリシュティナは声をあげた。

「ユーリーの……陛下のところに行くわ。先触れを出して！」

「クリシュティナさま！」

しかし先触れがユーリーのもとに着くまでのんびりと待っている心の余裕はない。クリシュティナは駆け出したレーラのあとを追い、できるだけ落ち着いた足取りで、しかし心は急きながら回廊を歩く。侍女たちが慌てて追いかけてくる。

クリシュティナがユーリーの執務室に着いたのは、先触れの衛兵が着くのとほぼ同時だった。連絡を受けたばかりの皇后の訪問に、ユーリーは目を見開いている。執務室の床には、サンドラ――確かに、そういう名前だった――が、後ろ手に縛られて膝を突いている。

「冤罪ですわ！」

クリシュティナは、声を張りあげた。ユーリーはますます驚いた顔をした。

「どういうことだ、クリシュティナ」

「犯人は……サンドラではありません！」

部屋には、ラヴロフもいた。彼は、自分の罪を背負って縄打たれている侍女の姿を見てどう思っているのか――クリシュティナはラヴロフを睨みつけた。しかし彼の心を読む前に、ユーリーの声が飛んだ。

「どういうことだ、クリシュティナ。いくらおまえでも、私の判断に口を挟むことは許さぬ！」

「でも、サンドラは……違うのです。サンドラは……」

執務室にはたくさんの人がいて、特定のひとりの心を読むために集中するのは難しい。しかしいきなり入ってきたクリシュティナの叫びに、ユーリーが気分を害したことはわかる。

「では、おまえは真犯人を知っているというのか」

なおも厳しい声で、ユーリーは言った。

「いったい誰だ、どういう経緯でそれを知った？　説明できるのだろうな」

「それは……」

クリシュティナはたじろいだ。ラヴロフが真犯人である、その証しを立てなくてはサンドラを助けられない。しかしラヴロフが素直に白状するとは思えないし、クリシュティナには「心を読んだ」という以上の証拠がないのだ。

「……とにかく、サンドラは違うのです！」

そう叫んだクリシュティナを、ユーリーは疑い深く見やる。

「どうなのだ？　サンドラとやら」

「違い、ます……！」

後ろ手に縄打たれたサンドラは、弱々しい声で言った。

「わたしが、皇后さまに毒を盛る理由などございません……それを言うなら、リンマさまこそ」

この場にいない女を睨むように、サンドラは目を光らせ唇を噛んだ。クリシュティナは、ぶるりと震えた。自分には、何人敵がいるのか。リンマという名前にも聞き覚えがある。彼女も、かつてはユーリーの妃だった。

「そういうことを言い出せば、かつて後宮に住んでいた女は、皆容疑者ということになりましょう」

涼しい声で、ラヴロフがそう言う。サンドラは振り返ってラヴロフを睨み、その視線の強さにクリシュティナはたじろいだ。

「サンドラが、容疑者である理由は……？」

震える声で、クリシュティナは尋ねた。ユーリーは不機嫌な心を隠しもせず、言った。

「おまえの侍医と、つながっていた。医師のほうは洗ってあるが、その女は行動があやふやだ」

サンドラは、なにかを言おうとした。しかしユーリーの厳しい視線に気を抜かれたように黙り込み、うつむいてしまう。

（サンドラじゃない）

彼女の心を読んでみて、クリシュティナは確信した。ユーリーを見ると、そんなクリシュティナの言いたいことに気がついたのだろう。ますます苦い顔をして口を開いた。

「では、おまえは誰が犯人と見るのだ。言ってみろ」

「それは……」

言い淀む。ラヴロフに視線をやりそうになるのを堪えた。うかうかと本当のことを言っていいものか、国政のことを考えると判断はつきかねる。クリシュティナは、ユーリーを見やった。

「でも、少なくともサンドラではありません。それだけは、信じてください」

「おまえがそれほどに言うのなら、サンドラは解放しよう」

ユーリーは言った。

「その代わり、誰が下手人か私に教えるのだろうな？」

「そ、れは……」

クリシュティナは、言葉を探した。執務室のすべてが、クリシュティナを注視している。

「おまえにはわかっているのだろう？」

「ユーリー……」

どうすればいいのか。クリシュティナはくらりと眩暈が襲うのを懸命に堪えた。

（わたしが……このすべての中心にいるのだわ）

クリシュティナがいなければ、そもそも後宮解散もなかった。皇宮を、このような疑惑に巻き込むこともなかった。

ラヴロフがよこしまな想いを抱くこともなく、ユーリーが臣下の叛心《はんしん》に陥れられることもなかった。すべての中心に、クリシュティナはいる。

（わたしが……、わたしさえ、いなければ）

皆が、クリシュティナを見ている。この場から、消えていなくなりたい――クリシュティナは、目に映ったものにとっさに手を伸ばした。それは、衛兵の腰に佩《は》かれた短剣だ。それを引き抜き、自分の咽喉に当てる。ざくりと突き立てる――誰も止められない、そんな素早い行動がなぜできたのか。

「クリシュティナ！」

ユーリーの声が聞こえる。咽喉からしたたる血と、あまりの熱さ、痛みにクリシュティナの意識は遠くなっていった。また、声が聞こえる。それが大きくなるのを耳に、クリシュティナの体は誰かの腕の中に倒れ込んだ。

□

はっと目が覚めると、なにか柔らかいものの上にいることがわかった。

自分の部屋のベッドだろうか。目を開けても微かな灯りを感じられるだけで、なにも見えない。あたりを包む闇に、クリシュティナも包まれている。

(ど、こ……?)

胸のうちで、クリシュティナはつぶやいた。

(わた……、し、は……? どうなったの……?)

ゆっくりと記憶を辿る。クリシュティナは、ユーリーの執務室に行ったのだった。無実の侍女が皇后に毒を盛った容疑をかけられていて、それを解くのに必死になった。侍女の容疑は晴れたようだったけれど、ラヴロフが真犯人だとは言えなかった。そのようなことをすれば、アロノフ皇国の屋台骨そのものから揺らいでしまう。

同時に、そのような人物が宰相でいいのかとも思った。知っていることを言うべきか、言わざるべきか。挙げ句クリシュティナは。

「……ああ」

咽喉が、しきりに痛む。自業自得だったと手をやって、包帯が巻かれていることに気づく。

「お気がつかれましたか」

声がして、はっと視線をあげると蝋燭の灯りがあった。その灯りが映し出している顔。

「ラヴロフさま……」

目を細めたラヴロフは、手にした蝋燭ごとクリシュティナに顔を近づける。

「私をかばってくださったのですね」

「そういう……わけ、じゃ……」

「嬉しかったですよ。私に、お慈悲をくださったのですね」

クリシュティナは首を横に振る。しかしラヴロフの笑みはそのままだ。

「違うわ。わたしは、ユーリーのことを思って……」

「陛下のことを思われるなら、真実をおっしゃるはずでしょう」

クリシュティナの否定など、目に映っていないかのようにラヴロフは言う。

「あなたは、私をかばってくださった……男はね、そういうことをされると誤解しますよ？」

ラヴロフは、さらに顔を近づけてきた。蝋燭の蝋が、ぽたりとクリシュティナの耳もとに落ちる。顔に落ちていたりしたら、火傷していただろう。そう思うと、ぞっとした。

「あなたは、私がつかまえた。あなたは私の領地で、静かにお暮らしになればいい。あなたには、皇后などという責務は似合いません」

「そのようなこと……勝手に」

クリシュティナは震えた。

「あなたこそ……あなたこそ、アロノフ皇国の宰相としてはふさわしくないわ……」

がばり、とクリシュティナは起きあがった。ラヴロフは少し驚いたようだけれど、体を引いてなおもクリシュティナの顔を見つめている。

「どうして、あなたのような人が宰相なの？　ユーリーがあなたを重用している理由がわからないわ！」

「陛下は、皇帝になられてから日が浅い」

ラヴロフは言った。蝋燭の炎が揺れる。

「しかも、即位までは他国に留学なさっていた。それが我が国の慣習とはいえ、皇帝は万能ではない……今は、脱皮したばかりの柔らかい体を持つ蛇のよう」

「このときを……新皇帝即位のときを狙っていたのね」

すべてが読めた。今になって、ラヴロフはすべてを胸のうちに描いているのだ。まるでクリシュティナに見せようとでもいうように。

「あなたは、いちいち説明せずに済むから助かる」

にやり、とラヴロフは笑った。

「シロフスカヤの……穀物の横流しも、タラソワ王国との戦争も。あなたが、糸を引いていたのね……？」

「話が早い」

そう言って、改めてラヴロフは顔を近づけてくる。夜の寒さに加えて、彼の冷たい吐息が頬に感じられる。

「そして、あなたも……そうすれば、私の望むものはすべて手に入るのですけれど。あの皇帝は、私があと少し揺らしてやれば退位を迫ることができましょう。皇太子はおらず、となればあとを継ぐのは私の家系となります」

「そんな……」

ラヴロフは目を細めた。じっとクリシュティナを見つめ、言う。

「そうなれば、あなたを手に入れるのも容易《たやす》いこと……このような手を使わなくともよかったのですが、あの男にあなたをこれ以上穢されるのは耐えられなかった……」

クリシュティナは咽喉に手をやる。包帯の感触が伝わってきた。

「心配しなくとも、あの侍女に害は及びません。見当違いもいいところです」

「どうせ、あなたの手引きでしょう……？」

唇を噛んで、クリシュティナは呻くように言った。

「あなたが、ユーリーにそう信じさせたんだわ。……まさか」

はっと、クリシュティナは息を呑んだ。

「まさか……」

ラヴロフの笑みが濃くなった。クリシュティナは大きく目を見開く。

「あなた、も……？」

「私には、人の心を操る力があります」

まさか、と思った。しかしそうだとでも思わないと、納得できない点が多すぎる。

「もっとも、あなたほど強い力ではないし、意志の強い者には使えない。よほど集中しないといけない……私自身に危険が及ぶこともありますので。そううかうかとは使えないのですけれど」

ラヴロフの笑みが、苦笑になった。しかしクリシュティナは、瞠目したままだ。

「あなたにも、この力が使えればいいのですがね。どうやら、効かないようだ」

ぞっとした。なぜ効かないのかはクリシュティナにはわからない。しかし彼がその力を自分に試そうとした——自分が自分の意思ではない行動を取ったかもしれなかった、ということに、心底ぞっとした。

「効けば、話は早かった。だがあなたは、陛下よりも手強い」

「ユーリーにも、その力を使ったの……？」

ラヴロフは笑みを消して、首を横に振る。

「陛下は、まだ脱皮したばかりですが、意志がお強い。即位したばかりでなければ、私とてこの計画は立てられなかったでしょう」

笑顔でないラヴロフは、ますます恐ろしくクリシュティナの目に映った。クリシュティナは後ずさりした。しかしいくら大きなベッドでも、逃げるには限度がある。

「しかし、私はあなたをとらえた。決して逃がしません……あなたは、もう私のものだ」

その力とやらを使おうとでもいうように、ラヴロフはじっとクリシュティナを見つめてきた。それに逆らうように、クリシュティナは唇を噛む。意志が強い者には通じないと言っていた彼の力を拒もうとする。

「……まぁ、いいでしょう」

小さくため息をついて、ラヴロフは言った。

「あなたは、ここから逃げられない。私のもとにいるしかないのです。ここは私の領地。

あなたに土地勘があろうはずはありません」

そう言って彼は後ずさる。きびすを返すと蝋燭の灯りが少しずつ遠くなって、やがて部屋は暗くなった。

「は、ぁ……、……」

クリシュティナは息をついた。心臓がどきどきしている。ラヴロフと話していたのはほんのわずかな時間なのに、まるで何時間も緊張を強いられたかのようだ。

（ここは……、どこなの）

ラヴロフの領地など、知らない。クリシュティナ自身、輿入れ以前に実家の領地から出たことはなかった。ここがどこであっても、クリシュティナにとって未知の地であることは確実だ。

（帰らないと……）

自分がどのような手段でここに連れてこられたのかはわからないけれど、ユーリーのもとに帰らなくてはならない。クリシュティナの胸に、強くその思いが湧きあがった。

（でも、どうやって）

少なくとも、こうやってベッドに座っているだけではだめだ。クリシュティナはそっとベッドから下りる。裸足に冷たい床の感触が伝わってきた。

（靴もない、けれど）

クリシュティナは顔をあげた。目が暗闇に慣れてきて、わずかに月明かりが射し込んでいるのがわかる。

（行かなくちゃ）

月明かりを頼りに、クリシュティナは歩き出した。冷たい床に、たちまち体温は奪われていった。

第六章　永遠に、あなたのもの

皇后が、行方不明になった。

彼女は傷を負い、自室で横になっていたはずだ。しかし、看病の侍女が少し目を離した隙にいなくなった。彼女には意識がなかったのだから、自分の意思だったはずはない。誰かが連れ去ったのだ。

誰か。その見当はついている――確信を持っていると言ってもいい。宰相の、ラヴロフ。彼が、皇后クリシュティナに常ならぬ感情を抱いていたことはわかっている。しかし皇帝ユーリーは、ラヴロフを問いただせなかった。なぜか。

このアロノフ皇国には悪習がある。皇太子は即位まで、隣国ネモフ王国に遊学せねばならないという慣習だ。ネモフ王国は小国ではあるが、文化に於いてアロノフ皇国の先を行っている。その点で学ぶことは多い。しかし自国の国情に疎くなってしまうという弱点がある。

ユーリーも、手をこまねいていたわけではない。定期的に早馬を飛ばし、国情は掴んでいた。しかし実際にその場にいなくてはわからないことも多い。ゆえに宰相を必要とし、即位してまだ一年にもならない今まで、彼を手放すことができなかったのだ。

しかし、皇后をさらうなどという行為に及んだのなら別だ。クリシュティナが消えたのと同時に、ラヴロフも姿を見せなくなった。そのつながりを推測することは容易い。すぐにラヴロフの領地に馬を走らせたが、クリシュティナはおろかラヴロフの姿もどこにもなかったという。

早馬の報告を信じていいものか。しかしユーリーが望んでも、自ら赴くわけにはいかない。戦で剣を交えたばかりのタラソワ王国がどう動くかしれない。まわりを囲むほかの国々との関係も、いつどう変化するかわからない。皇宮内の動きもある。皇帝が、皇都を離れることは許されなかった。

（クリシュティナ……）

消えてしまった彼女。ラヴロフが斥候の目の届かないところに隠しているのかもしれない。果たしてどのような目に遭っているのかと思うと気が気ではないが、少なくともラヴロフは彼女をひどい目に遭わせてはいるまい。そう思うことが、たったひとつの慰めだった。

（クリシュティナ……今、いったいどこに？）

呻くユーリーの声は、虚しく宙に消えた。この心を、クリシュティナに届けることができたらいいのに。しかしクリシュティナは、顔の見える人間の心しか読めないと言っていた。彼女が自分の顔を知らないわけがないのだから、少しでも彼女のもとにこの心が届いてはいないか。

（無事で……クリシュティナ。無事で、私のもとへ帰ってくるのだ）

ユーリーには、そう願うしかなかった。そして、ネモフ王国への遊学は、自分かぎりで終わらせなくてはならないと思う。進んだ文化を入れるのは必要だけれど、それよりもなによりも、自国の安定だ。

それには、皇后という存在が欠かせない。宰相のように政治向きに役立つというわけではないが、夫婦揃ってこそ民たちは安堵できる。クリシュティナのように、唯一の妃となればなおさらだ。

今のユーリーは、愛する妻を失った情けない夫だ。妻がいなくては立ち直れない――そのような一面を必死に臣下たちには隠し、ただラヴロフの、そしてクリシュティナの行方を追わせている。

クリシュティナが、自力で脱走した可能性を鑑みると、どこに行ってしまったのか見当がつかない。しかししょせんは、女の足だ。行けるところは限られており、可能性のあるあたりは捜させた。しかしクリシュティナの姿は、ようとして知れないのだ。

(見知らぬ地で、自力で脱走、か……)

むしろあの女ならそうするだろう。となると捜すのはますます難しく、銀色の髪に青い瞳の女を見なかったか、と近隣の者たちに問うしかなくなる。それはラヴロフ側にも情報を与えることになり、むやみに使っていい手ではない。

(土地勘などないだろうに……いったい、どうやって戻ってくるつもりなのだ)

苛立ちさえ生まれた。ラヴロフのもとでじっとしていれば、とうに見つけていたはずなのに。しかしその行動力がクリシュティナだとも思う。彼女は、皇都を目指しているだろうか。そのためにも、ユーリーはここで待たなくてはならない。クリシュティナが自分を見つけるまで。彼女が、その健気な足でユーリーのもとに辿りつくまで。

（どうぞ、クリシュティナが無事で……）

信じてもいない神に、ユーリーは祈った。


陛下、と声をかけられて、振り返った。衛兵のひとりが、目どおりを願っているという。

衛兵は、直接皇帝と話をできるような身分ではない。そんな彼が目どおりをと言うのだ、クリシュティナが見つかったのか——ユーリーは逸る心をできるだけ落ち着けて、衛兵が待っているという場所に向かう。

見あげるほどの体躯の衛兵は、執務室を出た先の回廊で待っていた。その体の大きさにユーリーも、ユーリーの衛兵たちも圧倒された。しかしそれよりも、その肩に乗っている白いもの——それを目にして、ユーリーは声をあげた。

「クリシュティナ……！」

「やはり、そうでしたか」

大きな体の衛兵は、どこか鈍愚な調子でそう言った。

「ご自分は皇后だとおっしゃって。こんな恰好で皇后もなにもないものだと笑ったのですが、銀の髪に青い瞳。もしやと思ってお連れしてまいりました……」

「……クリシュティナ！」

　白いドレスはぼろぼろで、確かに一見して皇后などとは信じられない。しかし泥にまみれ汚れきった彼女がクリシュティナではないと見誤るわけがない。大きな体の衛兵は、ユーリーの腕の中に丁寧にクリシュティナを預ける。ユーリーは彼女を抱き下ろし、気を失っているらしい彼女に声をかけた。

「クリシュティナ、クリシュティナ！」

　彼女の咽喉の包帯はほどけていて、痛々しい傷が見える。まだ塞がっていない傷はあれからそれほどの時間は経っていないと思わせるのに、クリシュティナの様子はすっかり変わってしまっていた。

「クリシュティナ、目を開けろ……私に、おまえの元気な姿を見せてくれ！　クリシュティナ！」

　気を失った彼女の、いつもよりも重い体はずしりとユーリーに伝わってきた。彼女を守らなくてはいけないと思う心、一瞬の油断で連れ去られてしまった悔しさ、二度と離さないと誓う心がない交ぜになった。

「クリシュティナ……」

　顔にも泥がつき、あちこちに擦り傷がついている。不憫なほどに面やつれし、足などは

泥まみれで、大小の傷が小さな足に無数についていることがあまりにも憐れだ。ユーリーは叫んだ。

「侍女たちを呼んでこい、湯浴みだ！　ベッドも用意させろ、傷薬の用意だ、侍医を呼んでこい！」

ユーリーの次々の命令に、あたりがざわりと騒々しくなる。ユーリーは意識のないクリシュティナに声をかけ続ける。

「クリシュティナ、クリシュティナ！　目を開けろ……私を見ろ！」

しかしクリシュティナは、睫を動かすこともしなかった。微かに胸が上下していることから死んではいないのだろうけれど、しかしこれだけの傷を負い、裸足でいったいどこから歩いてきたのか——ユーリーの胸には憐憫の思いが襲い、クリシュティナをぎゅっと抱きしめて、その耳にささやきかける。

「目を覚ませ……私を見ろ。私を置いて逝くことなど、許さない……！」

クリシュティナは、愛おしい女だ。クリシュティナさえいればほかにはなにもいらないと、後宮も解散した。しかし今ほど、彼女の愛おしさを実感したことがあっただろうか。

これほどに愛していると感じたことがあっただろうか。

「クリシュティナ……、クリシュティナ！」

やがてクリシュティナの侍女たちが現れ、主人の姿に悲鳴をあげた。彼女たちにクリシュティナを任せ、去っていく姿に胸を締めつけられるような思いを味わう。

（クリシュティナ、一日も早く、回復してくれ）

そして、彼女を抱きしめるのだ。彼女が、あのかわいらしい声で「ユーリー」と呼んでくれるのを聞くのだ。

ユーリーは、遠くなっていくクリシュティナの姿を見ながら、胸に手を置く。自分がこれほどクリシュティナを愛しているとは――知らなかったわけではない。しかし改めて実感するとその心は自分でも驚くほどで、クリシュティナのいない世界など、生きる価値もないと思ってしまう。

（早く、あの笑顔を見せてくれ……私を愛していると言ってくれ）

ただひたすら、ユーリーはクリシュティナの回復を願った。信じていない神にも祈った。クリシュティナが、再びユーリーの名を呼んでくれるように、と――。

□

ふっと開けた目には、見慣れた天井が映った。クリシュティナは、はっと息をつく。

首を横に向けると侍女のお仕着せが見えた。花瓶に花を飾っている後ろ姿には、見覚えがある。

「レ……、……ラ」

あげた声は、自分でも驚くほどに掠れていて、クリシュティナはぞっとした。これほどに聞き取りづらい声だったのにレーラは振り返って、そして大きく目を見開いた。

「クリシュティナさま……！」

彼女は、花瓶のことなど忘れてしまったかのようにクリシュティナのもとに駆け寄ってきた。その大きな瞳からはぽろぽろと涙がこぼれ落ち、手を取られたクリシュティナは戸惑ってしまう。

「お気づきになったのですね……！」

しゃがみ込んだ彼女に、ぎゅっと痛いほどの力で手を握られた。その手が包帯だらけで、体のあちこちが痛むことにクリシュティナは気がついた。特に足がずくずくと痛んで、思わず顔をしかめてしまうような感覚をクリシュティナに伝えている。

「よかった……もう、ひと月もお目覚めにならず、このまま儚くなってしまわれるのではと、何度も……」

ぐす、とレーラは洟を啜った。彼女はクリシュティナの手を取ったまま涙を流し、クリシュティナは戸惑ってしまう。

「ああ、陛下にお知らせしなくては……みんなに、クリシュティナさまが目覚められたってご報告しなくちゃ……！」

「ユーリーに、会わせて！」

クリシュティナは叫んだ。掠れた声しか出なかったのに、その声だけははっきりと出た。

「陛下に？　もちろんですわ！　クリシュティナさまのお目覚めをどれだけお待ちになっていらっしゃるか……」

レーラはクリシュティナの手を離して立ちあがる。そして声をあげてクリシュティナの目覚めをほかの侍女に知らせてまわった。そして、駆けるように部屋を出て行った。

ユーリーが現れたのは、クリシュティナが目覚めて一時間ほど経ってからだった。クリシュティナはもう声が出せるようになっていた。しかし起きあがることはできない。横になったままユーリーの顔を見て、そして蕩けるように微笑んだ。

「ユーリー……」

ユーリーは、言葉を失っていた。ただクリシュティナの顔を見つめ、何度も何度もまばたきをしていた。

「おかえりって、言ってくださらないの……？」

少し戯けてクリシュティナが言うと、ユーリーの手が伸びてきた。ぎゅうっと抱きしめられて、その力の強さにクリシュティナは少し痛みを感じたけれど、それさえも心地よかった。彼の腕の中で、そっと頬を擦り寄せる。

「おかえり……クリシュティナ」

「……はい。ご心配をかけましたわ、ユーリー」

ユーリーは、すぐに腕をほどいた。クリシュティナの体を横たわらせ、じっと見つめてくる。居心地が悪くなるくらい、いつまでもいつまでも見つめられた。

「ユーリー……？」

「おまえが、帰ってきてよかった」

ため息とともに、ユーリーは言った。クリシュティナの頬を撫でながら、それでも布の貼りつけてある怪我には極力触れないようにしようという気遣いが嬉しい。

「いったい、どのように帰ってきたのだ？　おまえは、ラヴロフの領地にいたのだろう？」

「たくさんの、親切なかたがたに会いました……」

掠れた声で、クリシュティナは説明を始める。

「馬車に乗せてくれたり、馬の後ろに乗せてくれたり……食べものをわけてくれた人もいました。あのかたたちの助けがなければ、とても皇都にまで辿りつかなかった……」

もちろん、クリシュティナを物乞い扱いして唾を吐きかけたり侮蔑の言葉を投げかける者もあった。しかしそういう体験は、わざわざユーリーに伝えることはなかろう。

「皇都の門衛が、わたしの顔の特徴を知っていたのも幸いでした。もっとも、最初はわからなかったみたいですけれど……」

「おまえの足は、傷だらけだった。足首には捻った痕があったし、足の裏など、傷のないところはないといってもいいくらいだった……おまえはいったい、どこから歩いてきたのだ」

「場所はわかりません。ただ、太陽と月、星を頼りに歩きました。直接裸足で歩いたことなんてありませんでしたけれど、気持ちいいものですね」

「あれだけの怪我をしておいて、気持ちいいもなにもないだろう」

ユーリーは、苦い顔をして言った。できるだけ彼を心配させないように言ったつもりだったけれど、かえって彼を懐疑的にしてしまったらしい。

「で、でも……裸足で歩くなんてこと、今までになかったのですもの。新鮮な体験でしたわ」

「しかしおまえは、破傷風になりかけていたのだぞ？　もう少し、踵の傷が深かったら死をも免れなかったと医師が言っていた」

「ユーリー……」

ことさらに明るく話をしても、ユーリーにはすべてお見通しらしい。ユーリーの紫の瞳は、愛おしむように憐れむようにじっとクリシュティナを見つめている。

「……ええ、裸足で歩くのは快感でした。太陽や月を頼りに歩くなんて、本でしか読んだことがなかったの……新鮮で」

「クリシュティナ」

突然、目の前が曇った。ユーリーの姿が見えにくくなって、クリシュティナは慌てる。

ユーリーは慌てた様子もない。クリシュティナの体を抱き、先ほどよりは弱い力で抱きしめてきた。

「辛かっただろう……、泣いて、いいのだ。今ここには、おまえと私しかない」

「ユーリー……、ユーリー……、っ……！」

涙は、いったん溢れ始めると止まらなかった。唾を吐きかけられたこと、蹴りあげられたこと、殴られたこと。侮られ嗤《わら》われ、そして寒さに飢えに痛みといった肉体的な辛さ。それらの記憶がすべて蘇り、クリシュティナの瞳からはぽろぽろと涙が溢れる。

「……ユーリー。……ユーリー、ユーリー、ユーリー！」

「クリシュティナ」

ユーリーは、クリシュティナをより強く抱きしめた。その抱擁は痛いほどで、しかしそれが心地よかった。クリシュティナの経験したすべての辛いことを洗い流す涙を受け止めてくれる、そんな抱擁だった。

クリシュティナの嘆きは、長く続いた。涙を流ししゃくりあげ、咽喉が嗄れるまで声をあげた。ユーリーの胸はクリシュティナの涙と鼻水でびしょびしょになったけれど、ユーリーはそのようなことを気にした様子もない。ただクリシュティナを抱き、背を撫でてくれる。

「……っく、……っ、……っ、……ふ、っ、……」

クリシュティナの涙が一段落するまで、どれくらいかかっただろうか。泣くことに疲れ切ってユーリーに身をもたせかけると、彼はクリシュティナを抱きしめたまま一緒にベッドに横になった。

「もう、いいのか？」

「……お恥ずかしいところを、お見せしました」

できるだけ落ち着いた声でそう言うと、ユーリーはふっと笑った。

「恥ずかしいことなど、あるわけがないだろうが。おまえが私に気を許して、辛いことを吐き出してくれる……それ以上の幸せはない」

「ユーリーに、心配はかけたくなかったのに」

「これだけの怪我をしていて、心配しない夫があるものか。おまえが明るく振る舞えば振る舞うほど、私のほうが辛かったぞ」

「……ごめんなさい」

心配をかけまいとのクリシュティナの態度は、逆効果だったらしい。クリシュティナは首をすくめ、するとユーリーと目が合う。彼のあまりに心配した表情にクリシュティナは思わず目を細めて笑ってしまい、するとユーリーは不機嫌そうな顔をした。

「ごめんなさい、でもあなたがそんなに心配してくれるとは思わなくて……」

「皇后の心配をしない、皇帝があるものか」

どこか怒ったように、ユーリーは言った。

「おまえが行方知れずになってから、どれだけ気を揉んだか。どれだけ、おまえの無事を願ったか……！」

「……ごめんなさい」

ユーリーは、改めてクリシュティナを抱きしめた。クリシュティナの肩に彼の顎が乗る。抱きしめてくるユーリーの体の重みが増したように感じ、彼もまた泣いているのかもしれないとクリシュティナは思った。

「でも、もう平気……ユーリーがいるもの。ユーリーがいてくれたら、なにも怖くないし、辛くないわ。もう、あなたの側から離れないから……」

「私も、おまえを離さない」

ぎゅっと抱きしめられて、彼は力強くそう言った。

「おまえから目を離すなど、迂闊なことをした……悔いても悔いても、悔い足りん」

「そんな……、わたしが、ラヴロフさまに隙を見せたから」

「その、ラヴロフだがな」

ユーリーは、苦虫を噛み潰したような顔をした。クリシュティナは、すっと背が凍るような思いをする。

「おまえをさらい、意のままにしようとしただけでも充分な罪だ。ついで、シロフスカヤの穀物横流しの件も、タラソワ王国との戦争も、すべてがラヴロフの糸を引いたことだということがわかった」

クリシュティナは、息を呑んで全身を緊張させた。

「おまえは、知っていたのか」

「……いいえ。ラヴロフさまの領地で、直接聞きました」

「おまえの力でも、読めなかったのか」

「申し訳ございません……」

ああ、とユーリーは言う。

「責めているわけではない。おまえに読まれぬように、やつも心していただろうしな」

「ラヴロフさまには、相手を思い通りに動かす能力があるとのことです」

そう言うと、ユーリーは目を見開いた。

「ユーリーのように、意志の強い人間には通じないと聞いています。けれど、易々とわたしをさらうことができたのも……きっとユーリーとの政務に於いても、その力が使われたはずです。わたし、自分以外にそんな力を持っている人がいるなんて思いもしませんでした」

そうか、とユーリーは唸った。ラヴロフを使っていたことを心底後悔しているようだけれど、仕方がない――アロノフ皇国の慣習がある限り。

「皇太子には、遊学はさせん」

なおも、呻くようにユーリーは言った。

「この慣習は、私かぎりで終わりにする……国の発展のために遊学して、国を宰相に乗っ取られていては世話がない」

ぎり、と歯を食い縛ったのは、かつての皇帝の命《めい》に逆らえなかった自分を悔いてのことだろう。仕方のないこととはいえ、今の混乱を招いてしまったのはユーリーが遊学していて国政をよくわかっていなかったこと、そのうえで即位したばかりの皇帝であること。それゆえなのだから。

「陛下……！」

そんなユーリーの背を撫でようと、まだ洟を啜りながらクリシュティナが手を伸ばすと、慌てた声が飛んできた。

「どうした」

ユーリーは、皇帝の声でそう言った。入ってきたのは臣下のひとりだ。彼は、ベッドの上で抱き合っている皇帝夫妻の邪魔をしたことも気にならないほどの報せを持ってきたらしい。

「ご報告申しあげます……ラヴロフ宰相を、捕縛いたしました！」

なに、とユーリーが体を起こす。彼のまとう雰囲気が、一気に皇帝のそれに変化した。

宰相ラヴロフが召し捕らえられたという報せは、皇宮中を駆け巡った。

彼が皇后をさらい、彼女が自力で遠い地から戻ってきたというのは、クリシュティナの意識が戻らないうちに皇宮の者すべてが知ることとなっている。その皇后が無事に目を覚まし、下手人であった宰相がとらえられたとなれば、人の口にのぼらないはずがなかった。

その日の朝議では、体中包帯だらけの姿をおして皇后の椅子に座ったクリシュティナの姿が衆目を集めた。痛々しい姿を晒すなとの非難もあろう。しかしラヴロフが捕捉されたと聞いて、じっとしてはいられなかった。報告を直接聞かなければ、実感が湧かなかった。

クリシュティナが痛む足を引きずって朝議の場に出たとき、ユーリーはすでに玉座に着いていた。朝議の間にいる者すべてがクリシュティナを注視してくる。その視線に耐えるようにクリシュティナは体に力を入れて、拍子に傷が痛んで唇を噛んだ。

「無理をするな、クリシュティナ」

「ありがとうございます……大丈夫です」

正装のドレスさえも重く感じる中、クリシュティナはゆっくりと椅子に座った。そしてぎょっとする。目の前に、後ろ手に縄打たれたラヴロフがいたのだ。彼のまわりには、抜き身の剣を彼に向けた衛兵が五人いる。

「ラヴロフ……さま」

彼は、その琥珀色の目をクリシュティナに向けた。にやり、と笑うと、ひび割れた唇を開く。

「お体の調子はいかがですか、クリシュティナ妃」

なにを訊くのかと思った。クリシュティナの体調など、訊くまでもないだろう。そもそもクリシュティナをこのような目に遭わせたのは、ラヴロフの行動の結果だというのに。

「あなたは、私の腕の中ではあんなにかわいらしい声をあげてくださったのに。そのようなお声になってしまって……お労しい」

「な、……、っ……」

彼がなにを言いたいのか、わかった。クリシュティナの顔がかっと熱くなる。

「い、いい加減なことを言わないで！　誰が、あなたなんかと……」

しかし朝議の場は、ひそひそ話の声で埋まってしまった。

（せめてもの……報復というわけ……？）

事実、ラヴロフに貞操を奪われはしなかったけれど、皇都までの道では何度も危険な目に遭った。ドレスを引き破られそうになったこともある。女であるというだけであれほどにひどい目に遭うのだ――ユーリーの腕の中で流した涙には、その辛さもあった。

ラヴロフは、なおも微笑んでいる。クリシュティナはわなわなと震えた。そんな彼女の目の前で、なにかがまばゆく光った。

「きゃ……、……！」

ごろり、と重いものが転がる音がした。目の前が真っ赤に染まって、クリシュティナは大きく目を見開いた。

「妃の貞操に疑いのある者は、同じ目に遭う覚悟があってのことだろうな？」

低く、部屋中に響いたのはユーリーの声だ。彼は腰の大剣を抜き、ラヴロフの首を一閃したのだ。部屋には、水を打ったような沈黙が広がる。ラヴロフの首は、先ほどの笑みを浮かべたまま床に転がっている。血が唇について、まるで口紅のようだ。

「その首を、つなげておけ。正式に刑に処さなくてはならんからな」

血濡れたユーリーの剣を、小姓が拭った。ユーリーはすがめた目でラヴロフを見やりながら、剣を収める。

「私を即位したばかりの皇帝と侮って、さまざまの策を弄し……私を裏切ってきた。それに気づきながら先手を打てなかった私の不手際は認める。しかし、それがこの者を赦す理由にはならない」

ユーリーは玉座に着く。ふっとひとつ息をつき、諸臣を見やる。皆の顔は強ばっていた。

ラヴロフの虚言を信じている者があれば、どのような目に遭うか。ユーリーの行動は、牽制でもあったのだろう。

「ほかに、ラヴロフの所行があったと言っていたな。順に述べろ」

震える声で、臣下のひとりが書類を読みあげる。次々に報告されるラヴロフの振る舞いはいつの間にかクリシュティナの眉間の皺を深くしていた。

ラヴロフの首と体は持ち去られ、血の痕は拭われた。彼がその場にいたことなど忘れてしまいそうな光景ではあったが、しかし彼女に辛酸を嘗めさせた男の怨念のようなものが体に巻きついているような気がして、クリシュティナは身震いする。

「クリシュティナ」

はっと、顔をあげた。いつの間にかユーリーが隣に立っている。クリシュティナは立ちあがろうとしたが、しかし体の痛みに呻いてひとりでは立ちあがれなかった。かたわらの侍女が手を出す前に、ユーリーが腕を伸ばしてきた。

「きゃ、っ……!」

「その痛々しい姿を、あまり人目に晒すな」

眉をひそめて、ユーリーは言う。自分は出過ぎたことをしたのか。焦燥したクリシュティナの額に唇を落としながら、ユーリーが彼女を抱きあげる。

「部屋まで連れて行こう……ここは、血腥い」

クリシュティナは、ぎゅっとユーリーに抱きついた。彼の腕は強く、クリシュティナを落とす懸念など少しもない。

「……愛してるわ」

彼の腕の中、クリシュティナはつぶやいた。

「あなただけよ……わたしには、あなただけ」

「ああ、知っている」

クリシュティナを抱きあげたまま、ユーリーは淡々とした口調でそう言った。

「私が、ラヴロフのばかな言葉を信じるとでも？」

「でも……わたし。歩いている間……たくさんの男の人に、声をかけられたわ。ドレスを破られたことだって。でも、なにも……なかったの！」

「それがどうした」

やはり、何ごとにも動じていない口調でユーリーは答える。

「おまえの言うことを私は疑わないし、仮に嘘であっても、私がおまえを愛していることに変わりはない」

「ユーリー……」

じわり、と目の前が曇った。それは涙となってぽろぽろと頬を伝い、クリシュティナはユーリーの首にしっかりと抱きついた。

「ユーリー、ユーリー……！」

なにも言わずにユーリーはクリシュティナを抱き直し、長い回廊を歩いてクリシュティナの寝室に着くと、ゆっくりとベッドの上に座らせてくれた。

クリシュティナの涙は、止まらない。ユーリーは、子供のように頬を拭いながら泣くクリシュティナの目尻にくちづけ、悲しみの涙を吸い取ってくれた。

エピローグ　出会えた奇跡

一年のほとんどが雪と寒さに覆われているアロノフ皇国にも、春はやってくる。

皇宮の庭園には、音楽が流れている。バラライカとドムラの音の絡み合うそれは、ゆるやかになだらかに、通りがかる者たちの耳をとらえる。

バラライカを奏でているのは、アロノフ皇国皇帝のユーリー。ドムラを弾き鳴らすのは皇后のクリシュティナ。ふたりの音色はまるでひとつのもののように絡み合って響き、春の庭を彩っている。

ふたりは、萌え始めたばかりの下草の上に座っていた。寄り添って楽器を奏でるふたりの姿はまるでひとつだったものがふたりにわかれたかのように自然な姿で、見る者を微笑ませる。

最後に高く、音色が流れる。そして沈黙。音楽の続きを奏でるように鳥がさえずり、木々が風に音を立てて。心地よい音色を醸し出す。

「気持ち、いいわね」

そう言ったのはクリシュティナだった。ああ、とユーリーはうなずき、じっとクリシュティナを見た。

「なに……」

「怪我は、すべて癒えたのか」

クリシュティナが宰相ラヴロフにさらわれてから、もう半年も経っていた。怪我などすっかり治っている。クリシュティナは笑って、もっとも深い傷があった裸足を見せた。

「破傷風を引き起こすこともなく、奇跡的だってお医者さまがおっしゃっていました。後遺症もなく、もうすっかり元気ですのよ」

「ならば、よかったが」

それでもなお心配そうに、ユーリーはクリシュティナを見つめている。もう元気だ、ということを知らしめようと、クリシュティナはドムラを置くとぱっと立ちあがり、その場でひとつ、くるりとまわって見せた。

「ほら、足にもなんの問題もありませんのよ？　傷の痕が残っているところは少しありますけれど、もう痛くもなんともありません」

そんなクリシュティナを、ユーリーはじっと見ていた。鳥の歌、木々のざわめきに合わせてクリシュティナはステップを踏み、ユーリーの前でなおも回復のほどを示そうとした。

「そうか。元気なのなら、それはよかった」

クリシュティナは笑い、なおもステップを踏み続ける。その手を取ったのは、ユーリーだ。彼はクリシュティナの腰を抱き、ふたりが踊り始めたのはワルツだった。ふたりのステップに合わせて、鳥や木々も鳴き声や葉音をたてたかに思えた。

ユーリーは、巧みなステップを披露した。そういえば、彼とワルツをともにするのは初めてだった。連れ添ってまだそう長くはないから仕方ないけれど、彼がこれほど見事なステップを踏むとは想像しなかった。クリシュティナはいささか驚き、そんな彼女にユーリーはいたずらめいた表情で話しかけてきた。

「私が踊れるなど、思ってもみなかったか？」

「いいえ……、そんなこと、は」

「いいや。そういう顔をしている。ためらいなく臣下の頭を落とす男が、ワルツなど、と」

「そのようには思っておりません、が」

あのときのことを思い出し、ふるりと震えながらクリシュティナは言った。

「……ご一緒に踊るのは、初めてですので」

「そうだったか？」

ユーリーは、驚いたように目をみはった。

「それでは、近々盛大な舞踏会を開かなくてはなるまい。おまえを宝石と絹で飾り立てて、これぞ我が妃と見せびらかすのだ。あらゆる国から貴賓を呼び集めよう。私とおまえの、正式な婚姻式だ」

「そ、んなこと……」

ユーリーは、ひょいとクリシュティナを抱きあげた。慌てるクリシュティナをあずまやまで運び、座らせる。いつの間にか折り取った花を一輪、髪に飾られた。

「もっとも、我が妃はなにも飾るものがなくとも美しいがな」

クリシュティナは、ぱっと耳まで赤くなった。そんなクリシュティナを覗き込み、ユーリーは地面にひざまずいた。

「なにもまとっていなくとも美しい……それは、私だけが知っていればいいことだ」

「あ、あたりまえです！」

焦燥して声をあげたクリシュティナの頬に、ユーリーが手を添えた。じっと見つめられ、かっと頬が熱くなる。それでも彼の紫の瞳からは目が離せず、ふたりはあずまやの中で見つめ合った。

「クリシュティナ」

かけられた声が、奇妙に艶めかしかったのは気のせいではあるまい。クリシュティナは反射的に目を閉じ、するとユーリーの唇が押しつけられた。

「ん、っ……、っ……」

最初はそっと重ねるだけ。角度を変えて深くなっていくごとに、濡れた部分が触れ合う。ちゅく、と小さくあがった音にクリシュティナはびくりと震え、そんな彼女にユーリーは笑った。

「この程度で、そんな反応をしていては……この先、辛いばかりだぞ？」

「だ、ぁ……、っ、て……」

思い出したの、とクリシュティナはか細い声で言った。

「最初、のとき……ユーリーの顔が、全然見えなくて。どんな人かわからなくて、怖かったわ……」

「ああ、後宮のことだな」

なおもクリシュティナにくちづけながら、ユーリーはくつくつと笑った。

「あれは、我が国の慣習なのだ……しかしおまえに不安があったのでは、いい習慣とはいえないな。私たちの子供の代には、廃止してしまおう」

「子供……」

クリシュティナは、小さな声でささやいた。ん？　と、ユーリーが微かに声を立てる。

「早く、私たちの子供がほしい」

クリシュティナの唇を舐めあげながら、ユーリーは言った。

「おまえの怪我が治るまではと、控えていたからな……踊れるほど元気になったのなら、容赦はしない」

「容赦、って……！」

不穏な言葉にクリシュティナは咽喉を鳴らしたけれど、ユーリーはなおもクリシュティナの唇を舐め、ちゅくりと下唇を吸いながら言った。

「おまえは、皇后だぞ」

吸った痕を舐めながら、ユーリーはそっとささやいた。

「皇帝に優秀な子を与え、国に貢献するのが義務だ。おまえは、幾人でも子をなさなければならない」

「そ、それは承知していますけれど……」

しかしクリシュティナ自身、懐妊の予兆はまだないのだ。

「わたしたちが一緒になってから、まだ一年も経っていないのに、それはあまりに性急に過ぎるかと……」

「早いに越したことはない」

そう言ってユーリーは、クリシュティナの体をあずまやの長椅子に押し倒した。長椅子には布が張ってあって痛くはないけれど、しかしこのような場所で、とクリシュティナは焦燥する。

「私が、おまえに飢えているのだ……おまえの怪我が完治するまでと、控えていたのだからな」

「控えて、って」

あれから、一度も抱かれなかったわけではない。それどころか、傷が塞がり始めたころからは毎晩のように抱かれたのに。それを『控えていた』とは。

「なんだ。なにか文句があるのか」

「い、いえ……」

クリシュティナが唇をわななかせると、ユーリーはにやりと笑い、クリシュティナの唇に彼のそれを押しつけた。きゅっと吸われると、背筋にまで通り抜ける快感があって、クリシュティナは微かに喘いだ。

「こ、んな……ところ、で……、っ……」

「誰も来ぬ」

なぜか、ユーリーは断言した。

「見る者があったからといってなんなのだ？　私たちは、世にも認められた皇帝夫妻。私たちが抱き合うのは、国の繁栄……」

「ユーリー……」

「しかし」

またクリシュティナの唇を吸いあげながら、ユーリーは微笑む。

「私がおまえを抱くのは、おまえが愛おしいからだ。おまえほど淑《しと》やかで、美しく、勇気のある女はふたりといない。私はおまえに骨抜きだよ……」

「ん、……、っ、……、……」

国の義務のために抱くのか、というちょっとしたクリシュティナの苛立ちに、ユーリーはそう答えた。口に出す前に言ったということは、クリシュティナの心などお見通しだということだ。

ユーリーの舌が、するりと入り込んできた。歯を舐め擦られて、開いたそこには彼の舌が入り、歯列を辿られた。

「や、ぁ……、っ、……」

そのようなところがぞくりとするのは、ユーリーに教えられたことだ。歯が感じるなんて、思いもしなかった。そんなクリシュティナの性感を育てるかのようにユーリーは執拗に歯を舐め、クリシュティナは微かな喘ぎをあげ続けた。

「つあ、あ……、ん、ん……、っ、……」

彼の舌がクリシュティナのそれをとらえ、きゅうと強く吸う。すると悪寒にも似た感覚が背を這いのぼり、クリシュティナはぞくぞくと身を震わせた。

「や、ぅ、……、っ、……、っ……」

しかし素直なクリシュティナの体は、ユーリーに応えて自分の舌をも絡みつける。彼の舌のひらを舐めあげ、舌先でつつく。まるでその褒美だとでもいうようにからめとられて吸われ、またぞわりと背を走る感覚がある。

「ん、く……、っ、……、っ……」

それがあまりに心地よくて、ねだるように舌をうごめかせた。彼はそんなクリシュティナの反応を悦ぶように舌を絡め、ほどいては舐めあげ、軽く歯を立てて、その痕を舐めるを煽った。


ということを繰り返す。

「ふぁ……、あ、あ……、っ、……」

クリシュティナの背が、長椅子の上で反った。口の端から銀色の糸が伝い、顎にしたたる。ふたりの重なった唇の間からはぴちゃぴちゃと音がして、その音もがクリシュティナを煽った。

「いぁ……、っ、……、っ……！」

ユーリーの手がすべる。それはドレス越しのクリシュティナの胸に這い、強い力で胸を揉んだ。たちまちクリシュティナは反応し、体を駆ける性感は声をあげて殺すしかない。

「んぁ、あ……、っ、……、っ、……」

同時に、ドレスの裾をめくりあげられた。両脚の間に膝を突き込まれ、濡れ始めているドロワーズの奥を突きあげられる。それだけでクリシュティナはもう陥落してしまって、この体はユーリーの思うがままだ。

「つ、く……、ん、ん、……、っ……」

舌を吸われ唇を舐められ、胸を捏ねられ下肢を刺激されて。蕩けた甘い菓子のようになってしまったクリシュティナは、ユーリーの腕に身を委ねるしかない。

「や、ぁ……ユーリー、……ユーリー、っ、……」

歯の裏を、頬の内側を、上顎の奥を舌がすべる。普段はなんとも思わない場所なのに、ユーリーの舌が這うと呼吸ができないほどに感じてしまう。

同時に、捏ねられる胸は中心の尖りがぴんと勃って、ユーリーにもそれが感じられるだろう。そのことにたまらない羞恥を感じながらも、同時にもっと、とねだるように胸を突き出してしまう。

「積極的だな」

クリシュティナの口腔を愛撫しながら、ユーリーは笑う。その笑い声までもが刺激になって響き、クリシュティナは何度も震えた。

「ゆっくりと、かわいがってやる。おまえが、なにも考えられなくなるまで、な」

「や、っ……、っ、……っ！」

ドロワーズ越しに、硬くなったユーリーの欲望が感じられる。彼も興奮しているのがわかって嬉しくなったけれど、しかし彼は焦らすように口腔を、胸を、そして布越しの秘所を愛撫するばかりなのだ。

「や、ぁ……、っと……、っ……」

もどかしさに声をあげれば、ちゅくりと大きく舐めあげられた。上顎の裏を舐められてぞくりと悪寒が走る。身を捩って刺激を堪えようとしても、長椅子に押しつけてくるユーリーの手の力は強く、抵抗できない。

「いや、……ぁ、……、ユーリー、っ……」

「いい子にしていれば、欲しいものをやる」

少し掠れた声で、ユーリーは言った。

「おまえは、じっとしていればいい。おまえの欲しいものは、私が全部わかっている」

「っ、あ……、っ、……」

頬を撫でられ、舌では内側をくすぐられながらクリシュティナはうなずく。しかし感じてしまう体はどうしようもなく、ユーリーの腕の中で跳ねた。

「ここも……ここも、おまえは好きだな」

唇の裏を舐められ、軽く噛まれ、すると衝撃は下半身に伝わる。ドロワーズの奥の秘所が、じゅくりと濡れたのがわかった。

「濡れてきている……もう、たまらないだろう？」

「な、んで……、っ……」

ユーリーは、布越しにしかクリシュティナの秘所に触れていないはずだ。それなのにその反応を指摘され、クリシュティナはかっと頬を熱くする。

「何度おまえを抱いたと思っているんだ。おまえの反応くらい、お見通しだ」

「そ、んな……、っ、……」

頬の熱が高くなった。クリシュティナは視線をうろうろとさせ、するといったん唇をほどいたユーリーが、改めてくちづけをしてくる。

「だからといって、おまえには飽きないぞ？　おまえは、そのたびに新鮮な反応を見せてくれる……私の想像など、及びもつかない。本当に、かわいらしい……」

ちゅ、ちゅ、とくちづけをされると、そこから本当に蕩けてしまうような気がする。彼の手は胸もとに入り込み、ぎゅっと乳房を掴まれる。指で尖りを挟んでくりくりと捏ねられ、するとまた両脚の間が濡れた。

「は、っ……、や、ぁ……、っ、……」

閉じようとしても、ユーリーの膝が入っていて脚を閉じることができない。蜜はとろとろと臀のほうに流れていって、それを如実に感じることができる。

「や、ぁ……、っ、……、っ……」

「ここも、こんなに尖らせて。吸ってもらえるのを待っているのか……？」

「い、や……、……、ん、な……、っ……」

クリシュティナは首をふるふると振ったけれど、否定の言葉はくちづけに吸い取られてしまう。唇を吸われながら乳首を摘まれ、そしてもうひとつの手は下肢へと下りていった。

「ああ、あ……、っ、……、っ……」

それはドロワーズの腰に至り、彼の指がかかる。すっと引き下ろされ、片脚を抜かれてしまうともうだめだ。外気が秘所に触れる感覚だけでクリシュティナは濡れ、ユーリーによって熟れさせられた体は簡単にユーリーを受け入れるために新たな蜜を流す。

「やぁ、……っ、……、っ……」

「いやではないくせに」

クリシュティナの唇を奪いながら、ユーリーはくすくすと笑った。

「もっとと待ち望んでいること、私はわかっている……おまえのすべてを知っていると、言っただろう？」

「あ、……、ん、な……、こと、……、っ、……」

クリシュティナが身を捩らせても、ユーリーは赦してくれない。それどころかもっと味わいたいとでもいうように吸いあげ、舐め、噛んで、そして不埒な手はクリシュティナの茂みをかきわけ秘芽を探った。指先が尖りきった芽に触れ、クリシュティナは大きく腰を跳ねさせてしまう。

「やぁ、あ……ああ、あ！」

「敏感だな」

そのことを味わうように、ユーリーは言った。ちゅく、ちゅく、と芽に触れて、クリシュティナを焦らすように強い刺激は与えてこない。

「こちらも……くちづけても、いいか」

乳首を摘みながらユーリーは言った。

「こんなに尖って……私を待っているのだろう？　ほら……吸いついてくる」

「いぁ、あ……、っあ、あ……、ああっ！」

きゅ、と乳首を吸いあげられた。そこから体中に痺れが広がり、クリシュティナの下半身がびくりと跳ねる。

「こちらも、だな。触れてほしいか？　吸ってほしいか？　言ってみろ」

「いや、ぁ……、っ、……、っ、……」

力を込めて乳首を吸われ、クリシュティナは答えるどころではない。かりりと噛まれ、するとひくんと腰が跳ねた。

「ああ、あ……、っ、……、っ……」

「いい反応だ」

ユーリーは、満足そうにそう言った。同時に芽を摘み、軽く力を入れる。乳首以上に感じるそこは、それだけでクリシュティナに甲高い声をあげさせ、その声に自らたまらない羞恥を覚える。

「本当に、おまえはかわいらしい……私の、愛する女」

ちゅっと音をさせて、愛撫のくちづけが降る。敏感になった体はそれにひくひくと反応し、そのままきゅっと芽に触れる手に力を込められてひくんと咽喉が震えた。

「おまえほど愛しい者はいない……私の宝、私の……」

どこか浮かされたように、ユーリーはクリシュティナへの愛撫を繰り返す。重なり合う彼の体温は低く、しかし声音は熱かった。

「クリシュティナ……」

「あ、あ……、ユーリー、ユーリー、っ、……!」

きゅっきゅと秘芽を摘まれ、捏ねられ、声があがる。ぞくぞくとしたものが体中を駆け、それが頂点にきたとき、衝撃があった。

「いぁ……、っ、……、っ、……、っ、!」

全身を駆け巡る快楽。はぁ、はぁ、とクリシュティナは荒い息を吐き、その胸で上下する乳首をユーリーはまた吸った。

「達ったか?」

満足げに、ユーリーが問うてきた。クリシュティナはひくひくと唇を震わせながらうなずく。体中が言うことを聞かない。すべて、ユーリーのものになってしまったかのように――。

「この奥も、すっかり濡れている」

ユーリーの指が、さらに奥を行く。茂みをわけて、花びらに。濡れそぼったそれに触れ、ちゅくりと音を立てて形をなぞられただけで、クリシュティナは大きく腰を跳ねさせた。

「や、ぁ、……や、ぅ、……、っ……」

「達ったばかりでは、辛いか？」

労るようにユーリーが言う。確かに、それはある。しかし伝わってくる快楽のほうが大きくて、クリシュティナの感じたことのない愉悦がそこにはあった。クリシュティナはそっと首を振り、恥じらいながらもねだるように、掠れた声をあげる。

「……、っ、と……」

はっ、と声が洩れた。その声もまた色めいていて、自分自身に羞恥が走る。しかしそんなクリシュティナの反応が、ユーリーは気に入ったようだ。

「そうか。それなら……」

ユーリーが、腰に手をやるのがわかった。彼が下衣の留め金を緩め、彼自身が姿を現したのがわかる。その先端が、まだ閉じているクリシュティナの蜜園にそっと触れた。

「ひぁ……、っ、……、っ、……」

「おまえの、心地いい部分に触れさせろ……」

ユーリーは、掠れた声でそう言った。

「ここ……、私を待っているのだろう？　挿れてほしいと、願っているのだろう？」

「いぁ……、ひぅ、う……、っ、……！」

彼自身が、敏感すぎる花びらに触れるだけで声があがってしまう。反射的に腰を捻り、しかしユーリーはクリシュティナを逃がさない。

「や、ぁ……、っ、……、っ……」

そっと花びらをかきわけて、彼自身が入ってこようとする。しかし最初はそっと先端が花びらに触れただけで、彼の挿入はゆっくりだった。

「ああ、ユーリー、……、っ、……」

焦れったさがクリシュティナを襲う。挿れてほしいと願い、しかしいきなり突き込まれるのには恐怖が伴う――クリシュティナの手はユーリーの袖を掴み、ぎゅっと目をつぶると、ユーリーは笑った。

「いつまで経っても慣れぬ……かわいいやつ」

笑顔のまま、ユーリーはクリシュティナにキスをしてくる。下肢は先端だけが入り込ん

できて、痛みはないけれども大きさによる圧迫感に圧倒される。

「私自身を、何度受け入れた？　すっかり慣れたと思っていたが、まだためらっているのか……クリシュティナ」

そんなクリシュティナをなだめるように、ちゅ、ちゅとキスを落としながら、ユーリーはゆっくりとした挿入をやめない。花びらの間を、感じる根もとを。先端はそこで何度が抽挿を繰り返し、クリシュティナは感じて声をあげた。

「い、……、ぁ、あ……、ああ、ああ……、っ……」

ユーリーは、クリシュティナの喘ぎをも呑み込んでしまおうとでもいうようにキスを繰り返し、下肢はその間にも少しずつ深く繋がっていく。

「やぁ、あ……、っ、……、ぁ、あ……」

先端の嵩張った部分が、入り口に引っかかる。まるで引っかけて愛撫するように、そこでユーリーは何度か腰を動かした。あ、あ、とクリシュティナの口から喘ぎがこぼれる。

「や……、っ、……、ユーリー、……っ……」

「焦らされるのは、いやか？」

どこか意地の悪い声で、ユーリーは言った。

「もっと、おまえを味わいたいのだが……ここは、いやか」

「やっ、ちが……、っ、……！」

もっと、ほしい――しかし自らねだることなどできるはずがない。クリシュティナはユーリーの腕を引いて自らくちづけ、そんな心を訴えようとする。

「ほしい、けれど……おまえからは言えないと？」

「あ、あ……、ユーリー。意地悪、しないで……」

はっ、とクリシュティナは熱い息をついた。ユーリーの唇を舐めると、彼は口の端を持ちあげて笑う。そしてくいと、腰を押し進めた。

「はぁ……、あ、あ……、ああっ！」

さんざんに蕩かされた蜜壁は、悦んでユーリー自身に絡みついた。彼は腰を引き、ずくりと突き込み、また引いては突きあげてくる。そのたびにクリシュティナの濡れた唇からは掠れた喘ぎがこぼれ、胸が大きく上下する。

「ユーリー……、っ、……、っ、……ぁあ、……」

快感が体中を走る。先ほど達したときとはまた違う快感があって、クリシュティナは繰り返し、嬌声をあげた。

「クリシュティナ……」

内壁の動きに誘われるように、ユーリーは突き入れを深くしてくる。蜜洞で感じる彼の欲望の熱さはクリシュティナにくらくらするような眩暈を感じさせ、それがまた新たな快感を生んだ。

「あ、っ、……、ああ、あ……、っ、……」

ユーリーの腕を掴むクリシュティナの指に、力が籠もる。同時に下肢がきゅっと締まり、ユーリーが低い声を洩らした。

「私を……翻弄するつもりか？」

咽喉の奥から、声をこぼしながらユーリーが言う。

「余裕が出てきたか？　私を……持っていくつもりか」

「ちが、……あ、あ……、っ、……」

そのような余裕など、あるはずがない。クリシュティナはずくりと入り込んできた彼自身に悲鳴をあげ、喘ぎを洩らす唇はユーリーのそれに塞がれてしまう。

「あ、あ……っ、ぁ、あ……ああ、あ！」

ずん、ずん、と濡れた秘所が突きあげられた。内壁が擦られ、その衝撃に声をあげると、ますます奥を抉られる
「つあ、あ……、っ、あ、ああ、……、あああ、……、っ……！」

柔らかい肉を抉られて、感じやすい神経を刺激された。ユーリーはクリシュティナに何

度もくちづけながら、奥をかきわける。

「や、ぁ……、あ、あ……、っ、……」

クリシュティナの花びらが押し潰され、ユーリーの下生えが触れる——ふたりがもっとも深い部分で繋がったことにクリシュティナは息をつき、しかし同時に引き抜いてしまうのかと思うほどに引かれ、また突きあげられて声があがる。

「やぁ……、ッ、……、っああ、あ……、っ、……!」

衝撃は、強烈だった。擦りあげられて頭の芯が痺れるほどに感じ、引き抜かれてぞくんと悪寒が生まれるほどの快楽がある。

「だ、め……、ッ……、っああ、……ああ、あ……、……」

また、来る。クリシュティナは大きく息を呑み、全身を貫く感覚に足の先までを強ばらせる。かつん、と音がして、靴が脱げたことがわかった。

「や、ぁ……、っ、……、っ、……、……!」

「クリシュ、ティナ……」

はっ、と熱い呼気がクリシュティナの唇に触れる。ユーリー自身がひとまわり大きくなったのが敏感な場所に感じられた。彼の放つ熱いものを思うとクリシュティナはまた震え、それに反応するように、ユーリーはまた自身を成長させる。

「おまえを、汚すぞ……」

乱れた息とともに、ユーリーは呻いた。

「深くまで……、おまえを、すっかり私のものに……」

「わ、たし……は……」

震える声で、クリシュティナはささやく。

「あなた、の、もの……」

どこまでも、指の先まですべて。しかしクリシュティナのつぶやきは、声にならなかった。掠れた喘ぎを洩らす中、ユーリーは何度も突きあげてはクリシュティナを味わい、そしてわななく息を吸う。

「……クリシュティナ」

同時に、体内でどくりと弾けるものがあった。クリシュティナは大きく目を見開き、身の奥を焼く灼熱に耐える。びくん、びくんと体が震え、何度目かの絶頂があった。立て続けに達したのかもしれない——クリシュティナはユーリーの腕に指を食い込ませ、はっ、はっ、と動物のような息を吐いた。

「あ、あ……、っ、……、ああ、あ……、ああ……」

「は、つ、……」

ふたりは体を重ねたまま。しばらく身動きをしなかった。クリシュティナの上で動き、引き抜こうとしたのはユーリーだ。

「だめ……、ま、だ……」

とっさに、クリシュティナは引き止めた。きゅっと下肢に力を込めると、ユーリーが呻く。

「私を……、これ以上翻弄するつもりか……？」

「あなたが……、もっと、ほしい」

クリシュティナはつぶやいた。そんな彼女の唇にちゅっと音のするキスを落とし、ユーリーは微笑む。そのこめかみから、ひと筋汗が流れ落ちた。

「あな、た……、を……、もっと、感じたい……」

「欲張りな女め」

ユーリーはそう言ったけれど、その顔には優しい色が浮かんでいる。クリシュティナは手を伸ばして彼に抱きつき、引き寄せてぎゅっと腕に力を込めた。

「そう……欲張りなの。あなたが、欲しくて……もっと、欲しくて」

「素直な女は、嫌いじゃない」

そう言って、ユーリーもクリシュティナを抱きしめる。ぴったりと、互いに隙間なく抱き合って。

「愛してる」

初めにそう言ったのは、ユーリーだったのかクリシュティナだったのか。ふたりの声は重なって、流れる春の風に溶けていく。

「愛してる」

飽きることなく繰り返す言葉とともに、ふたりは再びの愉悦の波に呑み込まれていく。

□

きゃあ、と甲高い声が響く。

ユーリーが門をくぐると、高い声はいくつももつれ合って庭園を満たしているのがわかる。その声に、自然に口もとが緩んだ。

「おとうさま！」

子供たちの輪の中にいた、赤いドレスをまとった金髪の少女が駆け寄ってくる。マントにしがみつかれ、彼女を抱きあげてやると、きゃあ、とあがる歓声は大きくなった。

「ソフィーヤ、いい子にしてたか？」

「もちろんだわ！　わたし、アルファベットがよめるようになったのよ！」

「そりゃあすごい。毎日、きちんと勉強しているんだな」

「だって、わたしが『未来の女帝』ですもの！」

まだ三歳にしかならないソフィーヤは、胸を張ってそう言うのだ。

「ちゃんとおべんきょうして、『立派な女帝』にならなければ。おかあさまやマリーヤたちを、わたしがまもってあげるの！」

「それは頼もしい」

ソフィーヤを抱いたまま、ユーリーは庭園の奥へ入っていく。あずまやには人影があって、銀色の髪の主がこちらを向いた。にっこりと微笑むのは、クリシュティナだ。

「ユーリー、あなたがここまで来るとは珍しいこと」

「もうすぐ、最後の戦いが始まるからな」

クリシュティナは、すっと表情を引き締めた。赤ん坊を抱きあげて、あずまやから出てくる。そのドレスの裾を、小さな女の子が握っていた。

「ユリヤも、いい子にしていたか？」

母親と同じ銀髪を持つ次女は、小さくうなずいて母親のドレスの陰に隠れてしまう。

「ユリヤは、相変わらず恥ずかしがり屋だな」

「ユーリー、戦いって……」

腕の中の赤ん坊は、眠っている。ユーリーは黙って、その赤ん坊の頭を撫でた。

「ヴェプリク山脈を取り返すための、最後の戦いだ」

「わたしは、連れて行ってもらえないのですか？」

クリシュティナは、顔を曇らせてそう言う。しかし言葉にするまでもなく、ユーリーの意思は彼女に伝わっているだろう。

「おまえには、子供たちを守るという大切な仕事がある」

腕の中のソフィーヤの、金色の髪を指先で梳きながらユーリーは言う。視線を落とすと、ユリヤが不安げな顔をして父親を見あげていた。

「そんな顔をしなくていい。お父さまは、怪我なく帰ってくる」

ユリヤは、こくんとうなずく。その愛らしさに、思わず笑みがこぼれた。

しかしクリシュティナは、厳しい顔をしたまま立っている。そんな彼女の唇を奪うと、はっとした顔をした。

「怪我なく帰ってくると言っただろう？　それに、この戦いに勝てばヴェプリク山脈は我が国の領土だ。おまえは、それを支えた皇后として後世に讃えられるだろう」

「そのような賛辞は、いりませんわ……」

はしゃいでいたソフィーヤも、父親が訪ねてきた理由がわかったのだろう。神妙な顔をして、ぎゅっとユーリーに抱きついた。

「ソフィーヤまで。そのような顔をして、お父さまを笑って見送ってはくれないのか？」

「おとうさま、『戦争』にいくの？」

「ああ、そうだよ」

「ちゃんとかえってくる？」

「帰ってくるとも」

そう言ってソフィーヤにもキスしてやると、彼女はきゃっと声をあげて喜んだ。

「私が、約束を破ったことがあったか？」

「それは……ない、ですけれど」

かたわらを見て、うつむいているクリシュティナの心配は尽きないようだ。ユーリーは片方の手を伸ばして彼女の顎をすくい取り、こちらを向かせるとまたくちづけをする。

「ユーリー、っ、……」

「おまえという女神がついているんだ。私が、無事に戻ってこられないわけはないだろう？」

「そうであれば、いいのですけれど」

今度はクリシュティナのほうからキスをして、ふたりはしばし唇を合わせあった。ちゅく、と音がして唇が離れると、クリシュティナはいまだに辛そうな、しかしそれでも目を細めて笑顔を作り、ユーリーを見つめる。

「いってらっしゃい……、ご無事を、お祈りしております」

「ああ、必ず勝って帰ってくる」

クリシュティナが戦場に現れ、驚いたことを思い出した。あのときは彼女の力に助けられ、またそののちにおいても、何度彼女の力に助けられたかしれない。そんなクリシュティナとともに、このたびもそれぞれの役割を果たすのだ。

「待っていろ……このアロノフ皇国を、世界一の国家にしてみせる」

自分をも鼓舞する思いでそう言うと、クリシュティナは微笑んだ。彼女は一歩近づいてきて自らユーリーにくちづけ、そして焦点が合わないほどの近くで視線を合わせて、つぶやいた。

「わたしがあなたに出会えた奇跡のような加護が、あなたにも与えられますように」

「それは、私も同じだ」

ユーリーは、クリシュティナにささやきかける。

「おまえに出会えたような奇跡が、この世にはあるのだ。そんな幸運を身につけた私が、帰ってこられないなどということはあるまい?」

「そうですわね」

ふたりはそう言って、またくちづける。腕の中の赤ん坊が、猫の鳴き声のような声を立てて大きなあくびをした。

あとがき

こんにちは、月森あいらです。エバープリンセスでは、はじめまして。乙女系をメインに書かせていただいている小説家です。

さて、今回お届けいたしますのは、ロシア風の世界観とともにお送りするちょっと不思議な力を持つ女の子の恋物語です。この『ちょっと不思議な力』というアクセントは個人的にとってもツボで、ついでそんなヒロインを愛するヒーローは強気・強引な皇帝陛下。というわけで、好み満載で大変楽しく書かせていただきました。お読みくださった皆さまにも、少しでも楽しんでいただけていればと願っています。

ロシア風、ということで、だからといってロシアではない、あくまでもファンタジーなのですが、子供のころからロシアに憧れていて、少しですけどその風味の物語を書かせていただけて嬉しいです。ロシアのどういうところに憧れているかというと、西洋と東洋の文化の入り交じったエキゾチックなところですか。幼いころ大好きだったお話がロシアを舞台にしたもので、ぼんやりとした憧れがそのころからあったと思います。

もっともロシア語のほうは、少しだけ囓ったのですが難しいこと難しいこと、で早々に挫折しました。なんたって文法が難しすぎる。同じ場所を指すのに多岐にわたる変化が覚えられない、女性の名前が男性形に変化するという理屈がわからない。初歩の初歩でそれなので、日本語も大概難しい言語だと言われますが、ロシア語もどっこいだよ……！　というわけで、密かな憧れはいまだにあるのですが、言語のまったくわからないロシアの土地を踏む勇気はありません。いずれ訪れてみたいと思っているのですが。

ロシアといえば寒い国、ですが、今年の日本の夏は暑かったですね。いえ、暑いのは毎年なのですが、今年は特に堪えるような気がして、家での仕事ですので一ヶ月ほどエアコンをつけっぱなしにしていました。なんでもエアコンは電源をつけたり切ったりするときに電力を使うらしいので、ずっと家にいてしょっちゅう電源をいじるようなら、つけっぱなしのほうが電力節約になるかと思ったのです。

そうやって過ごした一ヶ月、次の月に舞い込んだ電気料金には目を剝きました。誰だ、そんなこと言ったのは！　そういうわけでそれ以来エアコンには触れずにいるのですが、そうしたら残暑がことのほか堪えました。でもエアコンを消してみたらやたらに手足が冷たくて、エアコンの後遺症かと、やはり怖くてつけられません。なんだか私、加減というものを知らなくて。一ヶ月つけっぱなしは、ちょっとやり過ぎたかと反省しています。

そんなこんなで書きあげたお話、イラストは椎名咲月先生にお願いいたしました。金髪と銀髪のヒーローとヒロインってビジュアル的にごてごてしちゃわないかな、と思っていたのですが、そこはそこ、椎名先生の手にかかって素晴らしいふたりのビジュアル化となりました。作業中、担当さんに表紙と口絵を送っていただいたのですが、あまりのうつくしさに俄然やる気が出ました。お忙しい中、本当にありがとうございます。一冊の本としてのできあがりが、今からとても楽しみです。

お世話になっております、編集の皆さまと担当さま。はじめてのお仕事でどきどきいたしましたが、いろいろと丁寧に対応してくださり、ありがとうございました。

そして、読んでくださったあなたに大きな大きな感謝を捧げます。数ある本の中から拙著を選んでくださり、本当にありがとうございました。今後とも楽しんでいただけるお話を書いていきたいと思いますので、本屋さんで見かければお手に取ってみていただけると嬉しいです。

ここしばらくびっくりするような地震が多いので、精神的に疲弊しています。住んでいる土地柄地震が多いのは仕方がないのですが、家が揺れる地響きにはどうしても慣れません。とはいえ日本に住んでいる以上は避けようのないこと。暑さともども、慣れていきたいと思っています……と言っているうちに冬がきます。冬は冬で、寒さが堪えるとか言ってそう。人間ってわがままなものですね。

月森あいら

Ever Princess

●ファンレターの宛先●
〒153-0051　東京都目黒区上目黒 1-18-6　NMビル3F
オークラ出版　エバープリンセス編集部気付
月森あいら 先生／椎名咲月 先生

皇帝陛下と心読みの姫

2015年11月25日 初版発行

著　者	月森あいら
発行人	長嶋うつぎ
発　行	株式会社オークラ出版
	〒153-0051　東京都目黒区上目黒 1-18-6　NMビル
営　業	TEL:03-3792-2411　FAX:03-3793-7048
編　集	TEL:03-3793-8012　FAX:03-5722-7626
郵便振替	00170-7-581612（加入者名：オークランド）
印　刷	図書印刷株式会社

Printed in Japan　ISBN978-4-7755-2488-6